XIANSHENG
WENCONG

先生文丛

夏丏尊散文选

夏丏尊◎著

长江出版传媒 | 湖北教育出版社

图书在版编目（CIP）数据

夏丏尊散文选 / 夏丏尊著. -- 武汉 : 湖北教育出版社, 2025. 4. -- ISBN 978-7-5564-6184-4

Ⅰ. I266

中国国家版本馆CIP数据核字第2025BZ2439号

夏丏尊散文选 XIAMIANZUN SANWENXUAN

出 品 人 方 平

责任编辑 黄 裳　　责任校对 李庆华

封面设计 李 枫 钟梦瑶　　责任督印 刘牧原

出版发行 长江出版传媒　430070 武汉市雄楚大道 268 号
湖北教育出版社　430070 武汉市雄楚大道 268 号

经　销 新 华 书 店

网　址 http://www.hbedup.com

印　刷 湖北新华印务有限公司

地　址 武汉市硚口区长风路 31 号

开　本 880mm×1230mm 1/32

印　张 6.25

字　数 150 千字

版　次 2025 年 4 月第 1 版

印　次 2025 年 4 月第 1 次印刷

书　号 ISBN 978-7-5564-6184-4

定　价 26.00 元

(图书如出现印装质量问题,请联系 027-83637493 进行调换)

目 录

长闲

他午睡醒来，见才拿在手中的一本《陶集》，皱折了倒在枕畔。午饭时还阴沉的天，忽快晴了，窗外柳丝摇曳，也和方才转过了方向。新鲜的阳光把隔湖诸山的皱折照得非常清澈，望去好像移近了一些。新绿杂在旧绿中，带着些黄味。他无识地微吟着“此中有真意，欲辨已忘言”，揉着倦饧饧的眼，走到吃饭间。见桌上并列地丢着两个书包，知道两个女儿已从小学散学回来了。屋内寂静无声，妻的针线笾里，松松地闲放着快做成的小孩罩衣，针子带了线斜定在纽结上。壁上时钟正指着四点三十分。

他似乎一时想走入书斋去，终于不自禁地踱出廊下。见老女仆正在檐前揩抹预备腌菜的瓶坛，似才从河埠洗涤了来的。

“先生起来了，要脸水吗？”

“不要。”他躺在摆在檐头的藤椅上，燃起了卷烟。

“今天就这样过去吧，且等到晚上再说了。”他在心里这样自语。躺了吸着烟，看看墙外的山，门前的水，又看看墙内外的花木，悠然了一会。忽然立起身来，从檐柱上取下挂在那里的小锯子，携了一条板凳，急急地跑出墙门外去。

“又要去锯树了。先生回来以后，日日只是弄这些树木。”他听到女仆在背后这样带笑说。

方出大门，见妻和两个女孩都在屋前园圃里：妻在摘桑，两个女孩在旁“这片大，这片大”地指着。

“阿吉，阿满，你们看，爸爸又要锯树了。”妻笑着说。

“这丫杈太大了，再锯去它。小孩别过来！”他踏上凳去，把锯子搁到方才看了不中意的那柳枝上。

小孩手臂样粗的树枝“啪”地一落下，不但本树的姿态为之一变，前后左右各树的气象及周围的气氛，在他看来也都一新。携了板凳回入庭心，把头这里那里地侧着看了玩味一会，觉得今天最得意的事就是这件了，于是仍去躺在檐头的藤椅上。

妻携了篮进来。

“爸爸，豌豆好吃了。”阿满跟在后面叫着说，手里捻着许多小柳枝。

“哪，这样大了。”妻揭起篮面的桑叶，篮底平平地叠着扁阔深绿的豆荚。

“啊，这样快！快去煮起来，停会好下酒。”他点着头。

黄昏近了，他独自缓饮着酒。桌上摆着一大篮的豌豆，阿吉阿满也伏在桌上抢着吃。妻从房中取出蚕笾来，把剪好的桑片铺撒在灰色蠕动的蚕上。两个女孩几乎要把头放入箉里去。妻擎起箉来逼近窗口去看，一手抑住她们的攀扯。

“就可三眠了。”妻说着，把蚕箉仍拿入房中去。

他一壁吃着豌豆，一壁望着蚕箉，在微醺中又猛触到景物变迁的迅速和自己生活的颓唐来。

“唉！”不觉泄出叹声。

“什么了？”妻愕然地从房中出来问。

“没有什么。”

室中已渐昏黑，妻点起了灯，女仆搬出饭来。油炸笋、拌莴苣、炒鸡蛋，都是他近来所自名为山家清供而妻所经意烹调的。他眼看着窗外的暝色，一杯一杯地只管继续饮。等妻女都饭毕了，才放下酒杯，胡乱地吃了小半碗饭，含了牙签，踱出门外去，在湖边小立。等暗到什么都不见了，才回入门来。

吃饭间中灯光亮亮的，妻在继续缝衣服，女仆坐在对面用破布叠鞋底，一壁和妻谈着什么。阿吉在桌上布片的空隙处摊了《小朋友》看着，阿满把她半个小身子伏在桌上，指着书中的猫或狗强要母亲看。一灯之下，情趣融然。

他坐在壁隅的藤椅子上，燃起卷烟，只沉默了对着这融然的光景。昨日在屋后山上采来的红杜鹃，已在壁间花插上怒放，屋外时而送入低而疏的蛙声，一切都使他感觉到春的烂熟。他觉得自己的全身心已沉浸在这气氛中，陶醉得无法自拔了。

“为什么总是这样懒懒的！”他不觉这样自语。

“今夜还做文章吗？春天是熬不得夜的，为什么日里不做些！日里不是睡觉，就是荡来荡去，换字画，换花盆，弄得忙煞。夜里每夜弄到一二点钟。”妻举起头来停了针线说。

“夜里静些罗。”

“要做也不在乎静不静。白马湖真是最静也没有了，从前在杭州，比这里不知要嘈杂得多少，不是也要做吗？无论什么生活，要坐牢了才做得出。我这几天为了几条蚕，采叶呀，什么呀，人坐不牢，别的生活就做不出。阿满这件衣服，本来早就该做好了的，你看，到今天还未完工呢。”

妻的话，这时在他，真比什么“心能转境”等类的宗门警语还要痛切。觉得无可反对，只好逃避说：

“日里不做夜里做，不是一样的吗？”

“昨夜做了多少呢？我半夜醒来还听见你在天井里踱来踱去，口里念念着什么‘明日自有明日’哩。”

“不是吗？我也听见的。”女仆羼入。

“昨夜月色实在太好了，在书房里坐不牢。等到后半夜上云了，人也倦了，一点都不曾做啊。”他不禁苦笑了。

“你看！那岂不是与灯油有仇？前个月才买来一箱火油，又快完了。去年你在教书的时候，一箱可点三个多月呢。——赵妈，不是吗？”妻说时向着女仆，似乎要叫她作证明。

“火油用完了，横竖先生会买回来的，怕什么？嗄，满姑娘！”女仆拍着阿满笑着说。

“洋油也是爸爸买来的,米也是爸爸买来的,阿吉的《小朋友》也是爸爸买来的，屋里的东西，都是爸爸买来的。”阿满把快要睡去的眼张开了说。

女仆的笑谈，阿满的天真烂漫的稚气，引起了他生活上的忧虑。妻不知为了什么，也默然了，只是俯了头动着针子。一时沉默支配着一室。

三个月来的经过，很迅速地在他心上舒展开了：三个月前，他弃了多年厌倦的教师生涯，决心凭仅仅够支持半年的储蓄，回到白马湖家里来，把一向当作副业的笔墨工作改为正业，从文字上去开拓自己的新天地。“每月创作若干字，翻译若干字，余下来的工夫便去玩山看水。”当时的计划，不但自己得意，朋友都艳羡，妻也赞成。三个月来，书斋是打理得很停当了，房子是装饰得很妥贴了，有可爱的盆栽，有安适的几案，日日想执笔，刻刻想执笔，终于无所成就。虽着手过若干短篇，自己也不满足，都是半途辍笔，或愤愤地撕碎了投入纸篓里。所有的时间都消磨在风景的留恋上。在他，朝日果然好看，夕阳也好看，新月是妩媚，满月是清澈，风来不禁倾耳到屋后的松籁，雨霁不禁放眼到墙外的山光，一切的一切，都把他牢牢地捉住了。

想享受自然的乐趣，结果做了自然的奴隶，想做湖上诗人，结果做了湖上懒人。这也是他所当初万不料及，而近来深深地感到的苦闷。

“难道就这样过去吗？”他近来常常这样自讼,无论在小饮时，散步时，看山时。

壁间时钟打九时。

“咿呀！已九点钟了。时候过得真快！”妻拍醒伏在膝前睡熟的阿满，把工作收拾了，吩咐女仆和阿吉去睡。

他懒懒地从藤椅子上立起身来，走向书斋去。

“不做么，早睡罗！”妻从背后叮嘱。

“呃。”他回答,“今夜是一定要做些的了,难道就这样过去吗？从今夜起。”又暗自下了决心。

立时，他觉得全身就紧凑了起来，把自己从方才懒洋洋的气氛中拉出了，感到一种胜利的愉快。进了书斋门，急急地摸着火柴把洋灯点起，从抽屉里取出一篇近来每日想做而终未完工的短篇稿来，吸着烟，执着自来水笔，沉思了一会，才添写了几行，就觉得笔滞，不禁放下笔来举目凝视到对面壁间的一幅画上去。那是朽道人十年前为他作的山水小景，画着一间小屋，屋前有梧桐几株，一个古装人儿在树下背了手看月。题句是：“明日事自有明日，且莫负此梧桐月色也。”他平日很爱这画，一星期前，他因看月引起了情趣，才将这画寻出，把别的画换了，挂在这里的。他见了这画，自己就觉得离尘脱俗，做了画中人了。昨夜妻在睡梦中听到他念的，就是这画上的题句。

他吸着烟，向画幅悠然了一会，几乎又要踱出书斋去。因了方才的决心，总算勉强把这诱惑抑住。同时，猛忆到某友人“清风明月不用一钱买，但是也不能抵一钱用”的话，不觉对这素来心爱的画幅感到一种不快。

他立起身把这画幅除去。一时壁间空洞洞的，一室之内，顿失了布置上的均衡。

“东西是非挂些不可的，最好是挂些可以刺激我的东西。”

他这样自语，就自己所藏的书画中想来想去，忽然想到他的畏友弘一和尚的“勇猛精进”四字的小额来。

“好，这个好！挂在这里，大小也相配。”

他携了灯从画箱里费了许多工夫把这小额寻出，恐怕家里人惊醒，轻轻地钉在壁上。

“勇猛精进！”他坐下椅子去默念着看了一会，复取了一张空白稿子，大书“勤靡余劳，心有常闲”八字，用图画钉钉在横幅之下。这是他在午睡前在《陶集》中看到的句子。

“是的，要勤靡余劳，才能心有常闲。我现在是身安逸而心忙乱啊！”他大彻大悟似的默想。

一切安顿完毕，提起笔来正想重把稿子续下，未曾写到一张，就听到外面时钟“丁”地敲一点。他不觉放下了笔，提起了两臂，张大了口，对着“勇猛精进”的小额和“勤靡余劳，心有常闲”八个字，打起呵欠来。

携了灯回到卧室去。才出书斋，见半庭都是淡黄的月色，花木的影映在墙上，轮廓分明地微微摇动着。他信步跨出庭间，方才画上的题句不觉又上了他的口头：

“明日事自有明日，且莫负此梧桐月色也！”

刊《一般》第一卷第一号

（1926年9月）

命相家

我因事至南京，住在 × × 饭店。二楼楼梯旁某号房间里，寓着一位命相家，房门是照例关着的。这位命相家叫什么名字，房门上挂着的那块玻璃框子的招牌上写着什么，我虽在出去回来的时候必须经过那门前，却未曾加以注意。

有一天傍晚，我从外边回来，刚走完楼梯，见有一个着洋服的青年方从命相家房中走出，房门半开，命相家立在门内点头相送，叫“再会！”

那声音很耳熟，急把脚立住了看那命相家，不料就是十年前的同事刘子岐。

“呀！子岐！”我不禁叫了出来。

“呀！久违了。你也住在这里吗？”他吃了一惊，把门开大了让我进去。我重新去看门口的招牌，见上面写着“青田刘知机星命谈相”等等的文字。

“哦！刘子岐一变而为刘知机。十年不见，不料得了道了，究竟是怎么一回事？”我急忙问。

“说来话长，要吃饭，没有法子。你仍在写东西吗？教师也好久不做了吧。真难得，会在这里碰到。不瞒你说，我吃这碗饭已有七八年了。自从那年和你一同离开 ×× 中学以后，漂泊了好几处地方，这里一学期，那里一学期，不得安定，也曾挂了斜皮带革过命，可是终于生活不过去。你知道，我原是一只三脚猫，以后就以卖卜混饭了。最初在上海挂牌，住了四五年，前年才到南京来。”

“在上海住过四五年，为什么我一向不曾碰到你？上海的朋友之中也没有人谈及呢？”我问。

“我改了名字，大家当然无从知道了。朋友们又是一向都不信命相的，我吃了这口江湖饭，也无颜去找他们。如果今天你不碰巧看到我，你会知道刘知机就是我吗？”

我有许多事情想问，不知从何说起。忽然门开了，进来的是两位顾客：一个是戴呢帽穿长袍的，一个是着中山装的，年纪都未满三十岁。刘子岐——刘知机丢开了我，满面春风地立起身来迎上前去，俨然是十足的江湖派。我不便再坐，就把房间号数告诉了他，约他畅谈，回到了自己的房间里。

十年前的中学教师，居然会卖卜？顾客居然不少，而且大都是青年知识阶级中人。感慨与疑问乱云似的在我胸中纷纷垒起。等了许久，刘知机老是不来，叫茶房去问，回说房中尚有好几个顾客，空了就来。

“对不起，一直到此刻才空。”刘知机来已是黄昏时候了。“难得碰面，大家出去叙叙。”

在秦淮河畔某酒家中觅了一个僻静的座位，大家把酒畅谈。

“生意似很不错呢。”我打动他说。

“呃，这几天是特别的。第一种原因，听说有几个部长要更动了，部长一更动，人员也当然有变动。你看，××饭店不是客人很挤吗？第二种原因，暑假快到了，各大学的毕业生都要谋出路，所以我们的生意特别好。”

“命相学当真可凭吗？”

“当然不能说一定可凭。不过在现今这样的社会上，命相之说，尚不能说全不足信。你想，一个机关中，当科长的，能力是否一定胜过科员？当次长的，能力是否一定不如部长？举个例说，我们从前的朋友之中，李××已成了主席了。王××学力人品，平心而论远过于他，革命的功绩也不比他差，可是至今还不过一个××部的秘书。还有，一班毕业生数十人之中，有的成绩并不出色，倒有出路，有的成绩很好，却无人过问。这种情形除了命相以外，该用什么方法去说明呢？有人说，现今吃饭全靠八行书。这在我们命相学上就叫‘遇贵人’。又有人挖苦现在贵人们的亲亲相阿，说是生殖器的联系。这简直是穷通由于先天，证明‘命’的的确确是有的了。”刘知机玩世不恭地说。

“这样说来，你们的职业实实在在有着社会的基础的，哈哈。”

“到了总理的考试制度真正实行了以后，命相也许不能再成为职业。至于现在，有需要，有供给，乃是堂堂皇皇的吃饭职业。命相家的身份决不比教师低下，我预备把这碗江湖饭吃下去哩。”

“你的营业项目有几种？”

“命、相、风水、合婚择日，什么都干。风水与合婚择日近来已不行了。风水的目的是想使福泽及于子孙，现今一般人的心理，顾自身顾目前都来不及，哪有余闲顾到几十年几百年后的事呢？至于合婚择日，生意也清，摩登青年男女间盛行恋爱同居，婚也不必‘合’，日也无须‘择’了。只有命相两项，现在仍有生意。因为大家都在急迫地要求出路，等机会，出路与机会的条件不一定是资格与能力，实际全靠碰运气。任凭大家口口声声喊‘打破迷信’，到了无聊之极的时候，也会瞒了人花几块钱来请教我们。在上海，顾客大半是商人，他们所问的是财气。在南京，顾客大半是‘同志’与学校毕业生，他们所问的是官运。老实说，都无非为了要吃饭。唯其大家要想吃饭，我们也就有饭可吃了。哈哈……”刘知机滔滔地说，酒已半醺了，自负之外又带感慨。

“你对于这些可怜的顾客，怎样对付他们？有什么有益的指导呢？”

“还不是靠些江湖上的老调来敷衍！我只是依照古书，书上怎么说就怎么说。准不准连我自己也不知道。好在顾客也并不打紧，他们到我这里来，等于出钱去买香槟票，着了原高兴，不着也不至于跳河上吊的。我对他说‘就快交运’‘向西北方走’‘将来官至部长’，是给他一种希望。人没有希望，活着很是苦痛。

现社会到处使人绝望，要找希望，恐怕只有到我们这里来。花一两块钱来买一个希望，虽然不一定准确可靠，究竟比没有希望好。在这一点上，我们命相家敢自任为救苦救难的希望之神。至少在像现在的中国社会可以这样说。”话愈说愈痛切，神情也愈激昂了。

他的话既诙谐又刺激，我听了只是和他相对苦笑，对了这别有怀抱的伤心人，不知再提出什么话题好。彼此都已有八九分醉意了。

刊《文学》第一卷第一号

（1933 年 7 月）

谈吃

说起新年的行事，第一件在我脑中浮起的是吃。回忆幼时一到冬季就日日盼望过年，等到过年将届就乐不可支，因为过年的时候，有种种乐趣，第一是吃的东西多。

中国人是全世界善吃的民族。普通人家，客人一到，男主人即上街办吃场，女主人即入厨罗酒浆，客人则坐在客堂里口磕瓜子，耳听碗盏刀俎的声响，等候吃饭。吃完了饭，大事已毕，客人拔起步来说“叨扰”，主人说“没有什么好的待你”，有的还要苦留：“吃了点心去”“吃了夜饭去”。

遇到婚丧，庆吊只是虚文，果腹倒是实在。排场大的大吃七日五日，小的大吃三日一日。早饭、午饭、点心、夜饭、夜点心，吃了一顿又一顿，吃得来不亦乐乎，真是酒可为池，肉可成林。

过年了，轮流吃年饭，送食物。新年了，彼此拜来拜去，讲吃局。端午要吃，中秋要吃，生日要吃，朋友相会要吃，相别要吃。只要取得出名词，就非吃不可，而且一吃就了事，此外不必有别的什么。

小孩子于三顿饭以外，每日好几次地向母亲讨铜板，买食吃。普通学生最大的消费不是学费，不是书籍费，乃是吃的用途。成人对于父母的孝敬，重要的就是奉甘旨。中馈自古占着女子教育上的主要部分。“食不厌精，脍不厌细”“沽酒，市脯”“割不正”，圣人不吃。梨子蒸得味道不好，贤人就可以出妻。家里的老婆如果弄得出好菜，就可以骄人。古来许多名士至于费尽苦心，别出心裁，考案出好几部特别的食谱来。

梅村的诗道“十家三酒店”，街市里最多的是食物铺。俗语说“开门七件事”，家庭中最麻烦的不是教育或是什么，乃是料理食物。学校里最难处置的不是程度如何提高，教授如何改进，乃是饭厅风潮。

俗语说得好，只有“两脚的爷娘不吃，四脚的眠床不吃”。中国人吃的范围之广，真可使他国人为之吃惊。中国人于世界普通的食物之外，还吃着他国人所不吃的珍馐：吃西瓜的实，吃鲨鱼的鳍，吃燕子的窠，吃狗，吃乌龟，吃狸猫，吃癞蛤蟆，吃癞头鼋，吃小老鼠。有的或竟至吃到小孩的胞衣以及直接从人身上取得的东西。如果能够，怕连天上的月亮也要挖下来尝尝哩。

至于吃的方法，更是五花八门，有烤，有燉，有蒸，有卤，有炸，有烩，有醉，有炙，有熘，有炒，有拌，真正一言难尽。

古来尽有许多做菜的名厨司，其名字都和名卿相一样煊赫地留在青史上。不，他们之中有的并升到高位，老老实实就是名卿相。如果中国有一件事可以向世界自豪的，那么这并不是历史之久，土地之大，人口之众，军队之多，战争之频繁，乃是善吃的一事。中国的肴菜已征服了全世界了。有人说中国人有三把刀为世界所不及，第一把就是厨刀。

不见到喜庆人家挂着的福禄寿三星图吗？福禄寿是中国民族生活上的理想。画上的排列是禄居中央，右是福，寿居左。禄也者，拆穿了说就是吃的东西。老子也曾说过："虚其心实其腹""圣人为腹不为目"。吃最要紧，其他可以不问。

吃的重要更可于国人所用的言语上证之。在中国，吃字的意义特别复杂，什么都会带了"吃"字来说。被人欺负曰"吃亏"，打巴掌曰"吃耳光"，希求非分曰"想吃天鹅肉"，诉讼曰"吃官司"，中枪弹曰"吃卫生丸"，此外还有什么"吃生活""吃排头"等等。相见的寒暄，他民族说"早安""午安""晚安"，而中国人则说："吃了早饭没有？""吃了中饭没有？""吃了夜饭没有？"对于职业，普通也用吃字来表示，营什么职业就叫作吃什么饭。"吃赌饭""吃堂子饭""吃洋行饭""吃教书饭"，诸如此类，不必说了。甚至对于应以信仰为本的宗教者，应以保卫国家为职志的军士，也都加吃字于上。在中国，教徒不称信者，叫作"吃天主教的""吃耶稣教的"，从军的不称军人，叫作"吃粮的"，最近还增加了什么"吃党饭""吃三民主义"的许多新名词。

衣食住行为生活四要素，人类原不能不吃。但吃字的意义如此复杂，吃的要求如此露骨，吃的方法如此麻烦，吃的范围如此广泛，好像除了吃以外就无别事也者，求之于全世界，这怕只有中国民族如此的了。

在中国，衣不妨污浊，居室不妨简陋，道路不妨泥泞，而独在吃上分毫不能马虎。衣食住行的四事之中，食的程度远高于其余一切，很不调和。中国民族的文化，可以说是口的文化。

佛家说六道轮回，把众生分为天、人、修罗、畜生、地狱、饿鬼六道。如果我们相信这话，那么中国民族是否都从饿鬼道投胎而来，真是一个疑问。

刊《中学生》第一号

（1930 年 1 月）

幽默的叫卖声

住在都市里，从早到晚，从晚到早，不知要听到多少种类多少次数的叫卖声。深巷的卖花声是曾经入过诗的，当然富于诗趣，可惜我们现在实际上已不大听到。寒夜的“茶叶蛋”“细沙粽子”“莲心粥”等等，声音发沙，十之七八似乎是“老枪”的喉咙，困在床上听去颇有些凄清。每种叫卖声，差不多都有着特殊的情调。

我在这许多叫卖者中，发现了两种幽默家。

一种是卖臭豆腐干的。每日下午五六点钟，弄堂口常有臭豆腐干担歇着或是走着叫卖，担子的一头是油锅，油锅里现炸着臭豆腐干,气味臭得难闻。卖的人大叫“臭豆腐干！”“臭豆腐干！”态度自若。

我以为这很有意思。“说真方，卖假药”“挂羊头，卖狗肉”，是世间一般的毛病，以香相号召的东西，实际往往是臭的。卖臭豆腐干的居然不欺骗大众，自叫“臭豆腐干”，把“臭”作为口号标语，实际的货色真是臭的。言行一致，名副其实，如此不欺骗别人的事情，怕世间再也找不出了吧！我想。

“臭豆腐干！”这呼声在欺诈横行的现世，俨然是一种愤世嫉俗的激越的讽刺！

还有一种是五云日升楼卖报者的叫卖声。那里的卖报的和别处不同，没有十多岁的孩子，都是些三四十岁的老枪瘪三，身子瘦得像腊鸭，深深的乱头发，青屑屑的烟脸，看去活像个鬼。早晨是不看见他们的，他们卖的总是夜报。傍晚坐电车打那儿经过，就会听到一片发沙的卖报声。

他们所卖的似乎都是两个铜板的东西，如《新夜报》《时报号外》之类。叫卖的方法很特别，他们不叫“刚刚出版 ×× 报”，却把价目和重要新闻标题连在一起，叫起来的时候，老是用“两个铜板”打头，下面接着“要看到”三个字，再下去是当日的重要的国家大事的题目，再下去是一个“哪”字。“两个铜板要看到十九路军反抗中央哪！”在福建事变起来的时候，他们就这样叫。“两个铜板要看到日本副领事在南京失踪哪！”藏本事件开始的时候，他们就这样叫。

在他们的叫声里任何国家大事都只要花两个铜板就可以看到，似乎任何国家大事都只值两个铜板的样子。我每次听到，总深深地感到冷酷的滑稽情味。

“臭豆腐干！”“两个铜板要看到 ×××× 哪！”这两种叫卖者颇有幽默家的风格。前者似乎富于热情，像个矫世的君子，后者似乎鄙夷一切，像个玩世的隐士。

刊《太白》第二卷第一期

（1935 年 3 月）

闻歌有感

一来忙，开出窗门亮汪汪；

二来忙，梳头洗面落厨房；

三来忙，年老公婆送茶汤；

四来忙，打扮孩儿进书房；

五来忙，丈夫出门要衣裳；

六来忙，女儿出嫁要嫁妆；

七来忙，讨个媳妇成成双；

八来忙，外孙剃头要衣装；

九来忙，捻了数珠进庵堂；

十来忙，一双空手见阎王。

十一岁的阿吉和六岁的阿满又在唱这俗谣了。阿满有时弄错了顺序，阿吉给伊订正。妻坐在旁边也陪着伊们唱，一壁拍着阿满，诱伊睡熟。

这俗谣是我近来在伊们口上时常听到的，每次听到，每次惘怅，特别是在那夏夜的月下，我的惆怅更甚。据说，把这俗谣输入到我家来的是前年一个老寡妇的女佣。那女佣从何处听来，不得而知了。

几年前,我读了莫泊桑的《一生》,对女主人公的一生的经过，感到不可言说的女性的世界苦。好好的一个女子，从嫁人，生子，一步一步地陷入到“死”的口里去。因了时代和国土，其内容也许有若干的不同，但总逃不出那自然替伊们预先设好了刻版的铸型一步。怪不得贾宝玉在姐妹嫁人的时候要哭了！

《一生》现在早已不读，并且连书也已散失，不在手头了，可是那女性的世界苦的印象，仍深深地潜存在我心里，每次见到将结婚或是结婚了的女子，将有儿女或是已有儿女的女子，总不觉要部分地复活，特别是每次听到这俗谣的时候，竟要全体复活起来。这俗谣竟是中国女性的“一生”！是中国女性“一生”的铸型！

我的祖母，我的母亲，已和一般女性一样都规规矩矩地忙了一生，经过了这些刻版的阶段，陷到“死”的口里去了。我的妹子，只忙了前几段，以二十七岁的年纪，从第五段一直跳过到第十段，见阎王去了！我的妻正在一段一段地向这方走着！再过几年，眼见得现在唱这歌的阿吉和阿满也要钻入这铸型去！

记得有一次，我那气概不可一世的从妹对我大发挥其毕生志愿时，我冷笑说：

“别做梦吧！你们反正是要替孩子抹尿屎的！”

从妹那时对于我的愤怒，至今还记得。后来伊结婚了，再后来，伊生子了，眼见伊一步一步地踏上这阶段去！什么“经济独立”“出洋求学”等等，在现在的伊已如春梦浮云，一过便无痕迹。我每见了伊那种憔悴的面容，及管家婆的像煞有介事的神情，几乎要忍不住下泪。可是伊却反不觉什么，原来“家”的铁笼，已把伊的野性驯伏了！

易卜生在《海得加勃勒》中，借了海得的身子，曾表示过反对这桎梏的精神。苏特曼在《故乡》中也曾借了玛格娜的一生，描写过不甘被这铁笼所牢缚的野性，且不说世间难得有这许多的海得、玛格娜样的新妇女，即使个个都是，结果只是造成了第三性的女子，在社会看来也是一种悲剧。国内近来已有了不少不甘为人妻的“老密斯”，和不愿为人母的新式夫人。女性的第三性化似已在中国的上流社会开始流行了！如果给托尔斯泰或爱伦凯女士见了，不知将怎样叹息啊！

贤妻良母主义虽为世间一部分所诟病，但女性是免不掉为妻与为母的。说女性于为妻与为母以外还有为人的事则可以，说女性既为了人就无须为妻为母决不成话。既须为妻为母，就有贤与良的理想的要求，所不同的只是贤与良的内容解释罢了。可是无论把贤与良的内容怎样解释，总免不掉是一个重大的牺牲，逃不出一个“忙”字！

自然所加给女性的担负真是严酷。《创世记》中上帝对于第一对男女亚当夏娃的罚，似乎待女性的比待男性的苛了许多。难道真是因为女性先受了蛇的诱惑的缘故吗？抑是女性真由男性的肋骨造成，地位价值根本上不及男性？

中馈、缝纫、奉夫、哺乳、教养……忙煞了不知多少的女性。个人自觉不发达的旧式女性一向沉没在自然的盲目的性意识里，千辛万苦，大半于无意识中经过，比较地不成问题。所最成问题的是个人自觉已经发展的新女性。个人主义已在新女性的心里占着势力了，而性的生活及其结果，在性质上与个人主义却绝对矛盾。这性与个人主义的冲突，就是构成女性世界苦的本质。故愈是个人自觉发达的新女性，其在命运上所感到的苦痛也应愈强。国内现状沉滞麻木如此，离所谓“儿童公育”“母性拥护”等种种梦想的设施还很远很远，无论在口上笔上说得如何好听，女性在事实上还逃不掉家庭的牢狱。今后觉醒的女性在这条满是铁蒺藜的长路上将怎样去挣扎啊！

叫新女性把个人的自觉抑没了，来学那旧式女性的盲目的生活，减却自己的苦痛吗？社会上大部分的人也许在这样想。什么“女子教育应以实用为主”，什么“新式女子不及旧式女子的能操家政”,种种的呼声都是这思想的表示。但我们断不能赞成此说，旧式女性因少个人的自觉，千辛万苦都于无意识中经过，所感到的苦痛不及新女性的强烈，这种生活自然是自然的，可是与普通的生物界有何两样！如果旧式女性的生活可以赞美，那么动物的生活该更可赞美了。况且旧式女性也未始不感到苦痛，这俗谣中所谓“忙”，不都是以旧式女性为立场的吗？

一切问题不在事实上，而在对于事实的解释上。女性的要为妻为母是事实，这事实所给予女性的特别麻烦，因了知识的进步及社会的改良，自然可除去若干，但断不能除去净尽。不，因了人类欲望的增加，也许还要在别方面增加现在所没有的麻烦。说将来的女性可以无苦地为妻为母，究是梦想。

我不但不希望新女性把个人的自觉抑没，宁愿希望新女性把这才萌芽的个人的自觉发展强烈起来，认为妻为母是自己的事，把家庭的经营，儿女的养育，当作实现自己的材料，一洗从来被动的屈辱的态度。为母固然是神圣的职务，为妻是为母的预备，也是神圣的职务。为母为妻的麻烦不是奴隶的劳动，乃是自己实现的手段，应该自己觉得光荣优越的。

“我有男子所不能做的养小孩的本领！”

这是斯德林堡某作中女主人公反抗丈夫时所说的话。斯德林堡一般被称为女性憎恶者，但这句话却足以为女性吐气。我们的新女性，应有这自觉的优越感才好。

苦乐不一定在外部的环境，自己内部的态度常占着大部分的势力。有花草癖的富翁不但不以晨夕浇灌为苦，反以为乐，而在园丁却是苦役。这分别全由于自己的与非自己的上面，如果新女性不彻底自觉，认为妻为母都不是为己，是替男子作嫁，那么即使社会改进到如何的地步，女性面前也只有苦，永无可乐的了。

心机一转，一切就会变样。《海上夫人》中，爱丽妲因丈夫梵格尔许伊自决去留，说“这样一来，一切事都变了样了！”伊就一变了从前的态度，留在梵格尔家里，死心塌地做后妻，做继母。这段例话通常认作自由恋爱的好结果，我却要引来作心机一转的例。梵格尔在这以前并非不爱爱丽妲，可是为妻为母的事，在爱丽妲的心里，总是非常黯淡。后来一转念间，就“一切事都变了样了！”所谓“烦恼即菩提”，并不定是宗教上的玄谈啊！

妇女解放的声浪在国内响了好几年了，但大半都是由男子主唱，且大半只是对于外部的制度上加以攻击。我以为真正妇女问题的解决，要靠妇女自己设法，好像劳动问题应由劳动者自己解决一样。而且单攻击外部的制度，不从妇女自己的态度上谋改变，总是不十分有效的。老实说，女性的敌就在女性自身！如果女性真已自己觉得自己的地位并不劣于男性，且重要于男性，为妻、产儿、养育，是神圣光荣的事务，不是奴隶的役使，自然会向国家社会要求承认自己的地位价值，一切问题应早已不成问题了。唯其女性无自觉，把自己神圣的奉仕认作屈辱的奴隶的勾当，才致陷入现在的堕落的地位。

有人说，女性现在的堕落是男性多年来所驯致的。这话当然也不能反对。但我认为无论男性如何强暴，女性真自觉了，也就无法抗衡。但看娜拉啊！真有娜拉的自觉和决心，无论谁做了赫尔茂亦无可奈何。娜拉的在以前未能脱除傀儡衣装，并不是由于赫尔茂的压迫，乃是娜拉自身还缺少自觉和决心的缘故。“小松鼠”“小鸟儿”等玩弄的称呼，在某一意义上可以说是娜拉甘心乐受，自己要求赫尔茂叫伊的啊！

正在为妻为母和将为妻为母的女性啊！你们正“忙”着，或者快要“忙”了。你们在现在及较近的未来，要想不“忙”是不可能的。你们既“忙”了，不要再因“忙”反屈辱了自己，要在这“忙”里发挥自己，实现自己，显出自己的优越，使国家社会及你们对手的男性，在这“忙”里认识你们的价值，承认你们的地位！

刊《新女性》第七号

（1926 年 7 月）

对了米莱的《晚钟》

米莱的《晚钟》在西洋名画中是我所最爱好的一幅，十余年来常把它悬在座右，独坐时偶一举目，辄为神往，虽然所悬的只是复制的印刷品。

苍茫暮色中，田野尽处隐隐地耸着教会的钟楼，男女二人拱手俯首做祈祷状，面前摆着盛了薯的篮笼、锄铲及载着谷物袋的羊角车。令人想象到农家夫妇田作已完，随着教会的钟声正在晚祷了预备回去的光景。

我对于米莱的艰苦卓绝的人格与高妙的技巧，不消说原是崇拜的；他的作品多农民题材，画面成戏剧的表现，尤其使我佩服。同是他的名作如《拾落穗》,如《第一步》,如《种葡萄者》等等，我虽也觉得好，不知什么缘故总不及《晚钟》能吸引我，使我神往。

我常自己剖析我所以酷爱这画，这画所以能吸引我的理由，至最近才得了一个解释。

画的鉴赏法原有种种阶段，高明的看布局调子笔法等等，俗人却往往执着于题材。譬如在中国画里，俗人所要的是题着“华封三祝”的竹子，或是题着“富贵图”的牡丹，而竹子与牡丹的画得好与不好是不管的。内行人却就画论画，不计其内容是什么，竹子也好，芦苇也好，牡丹也好，秋海棠也好，只从笔法神韵等去讲究，去鉴赏。米莱的《晚钟》在笔法上当然是无可批评了的。例如画地是一件至难的事，这作品中的地的平远，是近代画中的典型，凡是能看画的都知道的。这作品的技巧可从各方面说，如布局色彩等等，但我之所以酷爱这作品却不仅在技巧上，倒还是在其题材上。用题材来观画虽是俗人之事，我在这里却愿做俗人而不辞。

米莱把这画名曰《晚钟》，那么题材不消说是有关于信仰了，所画的是耕作的男女，就暗示着劳动；又，这一对男女一望而知为协同的夫妇，故并暗示着恋爱。信仰、劳动、恋爱，米莱把这人间生活的三要素在这作品中用了演剧的舞台面式展示着。我以为，我敢自承，我所以酷爱这画的理由在此。这三种要素的调和融合，是人生的理想。我的每次对了这画神往者，并非在憧憬于画，只是在憧憬于这理想。不是这画在吸引我，是这理想在吸引我。

信仰、劳动、恋爱，这三者融和一致的生活才是我们的理想生活。信仰的对象是宗教。关于宗教原也有许多想说的话，可是宗教现在正在倒霉的当儿，有的主张以美学取而代之，有的主张直截了当地打倒。为避免麻烦计，姑且不去讲它，单就劳动与恋爱来谈谈吧。

劳动与恋爱的一致，是一切男女的理想，是两性间一切问题的归趋。特别地在现在的女性，是解除一切纠纷的锁钥。

“不劳动者不得食”，这虽是共产党的话，却是人间生活无可逃免的铁一般的准则，无论男女。女性地位的下降实由于生活不能独立，普通的结婚生活，在女性都含有屈辱性与依赖性。在现今，这屈辱与依赖和阶级的高下成为反比例。因为，下层阶级的妇女不像太太的可以安居坐食，平时还须帮同丈夫操作，所以在家庭里的地位较上流或中流的妇女为高。我们到乡野去，随处都可见到合力操作的夫妇，而在都会街上除了在黎明和黄昏见到上工厂去的女工外，日中却触目但见着旗袍穿高跟皮鞋的太太们姨太太们或候补太太们与候补姨太太们！

不消说，下层妇女的结婚在现今也和上流中流阶级的妇女一样，大概不由于恋爱，是由于强迫或买卖的。不，下层妇女的结婚其为强迫的或买卖的，比之上流中流社会更来得露骨。她们虽帮同丈夫在田野或家庭操作，未必就成米莱的画材。但我相信，如果她们一旦在恋爱上觉醒了，她们经营恋爱生活，要比上流中流的妇女容易得多，基础牢固得多，不管上流中流的女性识得字，能读恋爱论，能谈恋爱，能讲社交。

但看娜拉吧，娜拉是近代妇女觉醒第一声的刺激，凡是新女子差不多都以娜拉自命。但我们试看未觉醒以前的娜拉是怎样的？

她购买圣诞节的物品超过了预算，丈夫赫尔茂责她：

“这样浪费是不行的！”

“真真有限哩，不行？你不是立刻就可以有大收入了吗？”

“那要新年才开始，现在还未哩！”

“不要紧，到要时不是再可以借的吗？”

“你真太不留意！如果今日借了一千法郎在圣诞节这几日中用尽了，到新年的第一日，屋顶跌下一块瓦来，落在我头上把我磕死了……”

“不要说这吓死人的不祥语。”

“喏，万一真有了这样的事，那时怎样？”

赫尔茂这样诘问下去，娜拉也终于弄到悄然无言了。赫尔茂倒不忍起来，重新取出钱来讨她的好，于是娜拉也就在“我的小鸟”咧，“小松鼠”咧的玩弄的爱呼声中，继续那平凡而安乐的家庭生活。这就是觉醒前的娜拉的正体。及觉醒了，离家出走了，剧也就此终结。娜拉出家以后的情形是值得我们思索的。于是，“娜拉仍回来吗？”终于成了有趣味的一个问题。鲁迅先生曾有过一篇《娜拉走后怎样》的文字。

觉醒后的娜拉，我们不知道其生活怎样，至于觉醒以前的娜拉，我们在上流中流的家庭中，在都会的街路上都可见到的。现在的上流中流阶级本是消费的阶级，而上流中流阶级的女性，更是消费阶级中的消费者。她们喜虚荣，思享乐。她们未觉醒的，不消说正在做“小鸟”做“松鼠”，觉醒的呢，也和觉醒后的娜拉一样，向哪里走还成为一个问题，还是一个费人猜度的谜。

上流中流阶级的女性，物质的地位无论怎样优越，其人格的地位实远逊于下层阶级的女性，而其生活也实在惨淡。她们常被文学家摄入作品里作为文学的悲惨题材。《娜拉》不必说了，此外如莫泊桑的《一生》，如佛罗倍尔的《波华荔夫人》，如托尔斯泰的《安娜·卡列尼娜》等都是。莫泊桑在《一生》所描写的是一个因了愚蠢兽欲的丈夫虚度了一生的女性，佛罗倍尔的《波华荔夫人》与托尔斯泰的《安娜·卡列尼娜》，其女主人公都是因追逐不义的享乐的恋爱而陷入自杀的末路的。她们的自杀不是壮烈的为情而死的自杀，只是一种惭愧的忏悔的做不来人了的自杀。前者固不能恋爱，后二者的恋爱也不是有底力的光明可贵的恋爱，只是一种以官能的享乐为目的的奸通而已。而她们都是安居于生活无忧的境遇里的女性。

在中国的历史上有一对我所佩服的恋爱男女，就是司马相如与卓文君。我不佩服他们别的，佩服他们的能以贵族出身而开酒店，男的着犊鼻裙，女的当垆。(虽然有人解释，他们的行为是想骗女家的钱。)我相信，男女要有这样刻苦的决心，然后可谈恋爱，特别地在女性。女性要在恋爱上有自由，有保障，非用劳动去换不可。未入恋爱未结婚的女性，因了有劳动能力，才可以排除种种生活上的荆棘，踏入恋爱的途程。已有了恋爱对手的女性，也因有了劳动的能力作现在或将来的保证。有了劳动自活的能力，然后对己可有真正恋爱不是卖淫的自信。

我所谓劳动者，并非定要像《晚钟》中的耕作或文君的当垆，凡是有益于社会的工作，不论是劳心的劳力的都可以。家政育儿当然也在其内。在这里所当连带考察的就是妇女职业问题了。

妇女的职业，其成为问题在机械工业勃兴家庭工业破坏以后。工业革命以来，下层阶级的农家妇女或可仍有工作，至于中流以上的妇女，除了从来的家庭杂务以外已无可做的工作。家庭杂务原是少不来的工作，尤其是育儿，在女性应该自诩的神圣的工作。可是家庭琐务是不生产的，因此在经济上，女性在两性间的正当的分业不被男性所承认，女性仅被认作男性的附赘物，女性亦不得不以附赘物自居，积久遂在精神上养成了依赖的习性，在境遇上落到屈辱的地位。

要想从这种屈辱解放，近代思想家曾指出绝端相反的两条路：一是教女性直接去从事家事育儿以外的劳动，与男性作经济的对抗；一是教女性自信家事育儿的神圣，高唱母性，使男性及社会在经济以外承认女性的价值。主张前者的是纪尔曼夫人，主张后者的是托尔斯泰与爱伦凯。

这两条绝端相反的道路，教女性走哪一条呢？真理往往在两极端之中，能调和两者而不使冲突，不消说是理想的了。近代职业有着破坏家庭的性质，无可讳言，但因了职业的种类与制度的改善，也未始不可补救于万一。妇女职业的范围应该从种种方向扩大，而关于妇女职业的制度，尤须大大地改善。职业的妨害母性，其故实由于职业不适于女性，并非女性不适于职业。现代的职业制度实在太坏，男性尚有许多地方不能忍受，何况女性呢？现今文明各国已有分娩前后若干周的休工的法令和日间幼儿依托所等的设施了，甚望能以此为起点，逐渐改善。

在都市中，每遇清晨及黄昏见到成群提了食筐上工场去的职业妇女，我不禁要为之一蹙额，记起托尔斯泰的叹息过的话来。但见到那正午才梳洗下午出外叉麻雀的太太或姨太太们，见到那向恋人请求补助学费的女学生们，或是见到那被丈夫遗弃了就走投无路的妇人们，更觉得愤慨，转而暗暗地替职业妇女叫胜利，替职业妇女祝福了。

体力劳动也好，心力劳动也好，家事劳动也好，在与母性无冲突的家外劳动也好，“不劳动者不得食”，原是男女应该共守的原则。我对于女性，敢再妄补一句：“不劳动者不得爱！”

美国女作家阿利符修拉伊娜在其所著的书里有这样的一章：

> 我曾见到一个睡着的女性，人生到了她的枕旁，两手各执着赠物。一手所执的是“爱”，一手所执的是“自由”，叫女性自择一种。她想了许多时候，选了“自由”。于是人生说：“很好，你选了‘自由’了。如果你说要取‘爱’，那我就把‘爱’给了你，立刻走开永久不来了。可是，你却选了‘自由’，所以我还要重来。到重来的时候，要把两种赠物一齐带给你哩！”我听见她在睡中笑。

要爱，须先获得自由。女性在奴隶的境遇之中决无真爱可言。

这原则原可从种种方面考察，不但物质的生活如此。女性要在物质的生活上脱去奴隶的境遇，获得自由，劳动实是唯一的手段。

爱与劳动的一致融合，真是希望的。男女都应以此为理想，这里只侧重于女性罢了。我希望有这么一天：女性能物质地不做男性的奴隶，在两性的爱上，铲尽那寄食的不良分子，实现出男女协同的生产与文化。

对了《晚钟》忽然联想到这种种。《晚钟》作于一八五九年，去今已快七十年了。近代劳动情形大异从前，米莱又是一个农民画家，编写当时乡村生活的，要叫现今男女都做《晚钟》的画中人，原是不能够的事。但当作爱与劳动融合一致的象征，是可以千古不朽的。

刊《新女性》第三十二号

（1928 年 8 月）

并存和折中

从小读过《中庸》的中国人，有一种传统的思想和习惯，凡遇正反对的东西，都把它并存起来，或折中起来，意味的有无是不管的。这种怪异的情形，无论何时何地，都可随在发现。

已经有警察了，敲更的更夫依旧在城市存在，地保也仍在各乡镇存在。已经装了电灯了,厅堂中同时还挂着锡制的“满堂红”。剧场已用布景，排着布景的桌椅了，演剧的还坐布景的椅子以外的椅子。已经用白话文了，有的学校同时还教着古文。已经改了阳历了，阴历还在那里被人沿用。已经国体共和了，皇帝还依然坐在北京，……这就是所谓并存。

如果能“并行而不悖”原也不妨。但上面这样的并存，其实都是悖的。中国人在这里有一个很好的方法来掩饰其悖，使人看了好像是不悖的。这方法是什么？就是“巧立名目”。

有了警察以后，地保就改名“乡警”了；行了阳历以后，阴历就名叫“夏正”了；改编新军以后，旧式的防营叫作“警备队”

了；明明是一妻一妾，也可以用什么叫作“两头大”的名目来并存；这种事例举不胜举，实在滑稽万分。现在的督军制度，不就是以前的驻防吗？总统不就是以前的皇帝吗？都不是在那里借了巧立的名目，来与“民国”并存的吗？以彼例此，我们实在不能不怀疑了！

至于折中的现象，也到处都是。医生用一味冷药，必须再用一味热药来防止太冷；发辫剪去了，有许多人还把辫子底根盘留着，以为全体剪去也不好；除少数的都会的妇女外，乡间做母亲的有许多还用“太小不好，太大也不好”的态度，替女儿缠成不大不小的中脚。“某人的话是对的，不过太新了”，“不新不旧”也和“不丰不俭”“不亢不卑”……一样，是一般人们底理想！“于自由之中，仍寓限制之意”“法无可恕，情有可原”……这是中国式的公文格调！“不可太信，不可太不信”，这是中国人底信仰态度！

这折中的办法是中国人的长技，凡是外来的东西，一到中国人底手里就都要受一番折中的处分。折中了外来的佛教思想和中国固有的思想，出了许多的“禅儒”；几次被他族征服了，却几次都能用折中的方法，把他族和自己的种族弄成一样。这都是历史上中国人的奇迹！

“中西”两个字触目皆是：有“中西药房”，有“中西旅馆”，有“中西大菜”，有“中西医士”，还有中西合璧的家屋，不中不西的曼陀派的仕女画！

讨价一千，还价五百，不成的时候，就再用七百五十的中数来折中。不但买卖上如此，到处都可用为公式。什么“妥协”，什么“调停”，都是这折中的别名。中国真不愧为“中”国哩！

在这并存和折中主义跋扈的中国，是难有彻底的改革，长足的进步的希望的。变法几十年了，成效在哪里？革命以前与革命以后，除一部分的男子剪去发辫，把一面黄龙旗换了五色旗以外，有什么大分别？迁就复迁就，调停复调停，新的不成，旧的不成，即使再经过多少年月，恐怕也不能显著地改易这老大国家的面目吧！

我们不能不诅咒古来“不为已甚”的教训了！我们要劝国民吃一服“极端”的毒药，来振起这祖先传下来的宿疾！我们要拜托国内军阀：“你们如果是要作孽的，务须快作，务须作得再厉害一点！你们如果是卑怯的，务须再卑怯一点！”我们要恳求国内的政客：“你们底‘政治’应该极端才好！要制宪吗？索性制宪！要联省自治吗？索性联省自治！要复辟吗？复辟也可以！要卖国吗？爽爽快快地卖国就是了！”我们希望我国军阀中，有拿破仑那样的人；我们希望我国“政治家”中，有梅特涅那样的人。辛亥式的革命，袁世凯式的帝制，张勋式的复辟，南北式的战争，忽而国民大会，忽而人民制宪，忽而联省自治等类不死不活不痛不痒的方子，愈使中华民国的毛病陷入慢性。我们对于最近的奉直战争，原希望有一面倒灭的，不料结果仍是一个并存的局面，仍是一个折中的覆辙！

社会一般人的心里都认执拗不化的人为痴呆，以模棱两可，不为已甚的人为聪明。中国人实在比一切别国的人来得聪明！同是圣人，中国的孔子比印度弃国出家的释迦聪明得多，比犹太的为门徒所卖身受磔刑的耶稣也聪明得多哩！至于现在，国民比聪明的孔子更聪明了！

我希望中国有痴呆的人出现！没有释迦、耶稣等类的太痴呆也可以，至少像托尔斯泰、易卜生等类的小痴呆是要几个的！现在把痴呆的易卜生底呆话，来介绍给聪明的同胞们吧：

“不完全，则宁无！”

原题《误用的并存和折中》
刊《东方杂志》第十九卷第十号
（1922 年 5 月）

知识阶级的运命

一

近来阶级意识猛然抬头，有种种的阶级的名称，其中一种叫作知识阶级。

知识阶级是什么？如果依照了唯物的社会主义论者的口吻来说，世间只有“勃尔乔”与“普洛列太里亚”两种阶级，别没有什么可谓知识阶级的了。我国古来分人为四种，叫作“士农工商”，知识阶级，似乎就是古来的所谓士。但古来的士，人数不多，尚未成为一阶级。并且古代封建制度倒坏已久，现在要想依照士的地位来生活断不可能。任凭你讨老婆用“士婚礼”，父母死了用“士丧礼”，父亲根本不是大夫，你也没有世禄，将如何呢？

知识阶级的正体实近于幽灵，难以捉摸。说他是无产者呢，其中却有每小时十元、出入汽车的大学教授，展览会中一幅油画要售数千金（虽然大家买不起，从无销路）的画家，出洋回国挂博士招牌的学者。说他是资本家呢，其中又有月薪十元不足的小学教师，被人奴畜的公署书记，每几字售一个铜板的文丐。知识阶级之中实有表层中层与底层之别：同一教育者，大学教授（野鸡大学当然不在其内）是上层，小学教师是下层；同一文人，月收版税数千元或数百元的是上层，每千字售二三元的是下层。上层的近于资本家或正是资本家，下层的近于无产阶级或正是无产阶级。

就广义言，不管上层与下层都可谓之知识阶级；就狭义言，所谓知识阶级者实仅指下层的近于无产阶级或正是无产阶级的人们。因为在上层的人数不多，并不足形成一阶级的。

为划清范围计，姑且下一个知识阶级的定义如下：

所谓知识阶级者，是曾受相当教育，较一般俗人有学识趣味与一艺之长的人们。学校教员、牧师、画家、医师、新闻记者、公署职员、文士、工场技师，都是这类的人物；现在中学以上的学生，就是其候补者。

二

“儒冠误人”，知识阶级的失意原是古已有之的事。可是古来知识阶级究竟有过优越的地位。“万般皆下品，唯有读书高”，太远的事且不谈，二十年以前，秀才到法庭就无须下跪，可以不打屁股的。光绪中叶，“洋务”大兴，科举初废，替以学堂，略谙 ABCD，粗知加减乘除，就可睥睨一世自诩不凡，群众视留学生如神人，速成科出身的留学生升官发财，爬上资本家的地位者尽多。当时知识阶级（其实有许多是无知阶级）的被优遇，真是千载一时的了。“重赏之下，必有勇夫”，于是学校渐以林立，做父兄的不惜负了债卖了产令子弟求学，预备收一本万利之效，做子弟的亦鄙农工商而不为，鲫鱼似的奔向中学或大学去。官立学校容不下了，遂有许多教育商人出来开设许多商店式的中学或大学。三年以前，只上海一区就有大学三十八所，每逢星期，路上触目可见到着皮鞋洋服挂自来水笔的学生，懿欤盛矣！

但世间好事是无常的，知识阶级的所以受欢迎，实由于数目的稀少。金刚石原是贵重的东西，如果随处随时产出，就要不值世人一顾了。全国教育诚不能算已发达，中等以上的毕业生年年产数当不在少数，单就上海一隅说，专门或大学毕业生可得几千，全国合计，应有几万吧。这每年几万的知识阶级，他们到哪里去呢？有钱有势的不消说会出洋，出洋最初是到日本，十五年前流行的是到美国，现在则一致赴法兰西了。出洋诸君一切问题尚在成了博士以后，暂且搁在一边，当面所要考察的是无力镀金留在本国的诸君的问题。

不论是习农的习商的习工的或是习什么的，在中国现今，知识阶级的出路只有两条康庄大道，一是从政，一是教书。不信，但看事实！中国已有不少的农科毕业生了，试问全国有若干区的农场？已有不少的工科毕业生了，试问够得上近代工业的工厂有几处？至于商业，原是中国人素所自豪的行业，但试问公司银行店员是经理股东的亲戚本家多呢，还是商科毕业生多？于是乎知识阶级的诸君只好从政与教书了。从政比较要有手腕，教书比较要有实力，那么无手腕无实力的诸君怎样呢？

友人子恺的《漫画集》中曾有一幅叫作《毕业后》的，画有一西装少年叉手枯坐，壁间悬着大学毕业证书。这虽是近于刻毒的讽刺，但实际上这样画中人恐怕到处皆是吧。

民国十三年上海邮局招考邮务员四十人，应试者逾四千人。我有一个朋友曾毕业于日本东京高师英语部的，亦居然去与试，取录是取录了，还须候补，这位朋友未及补缺，已于去年死了。去年之秋，上海某国立大学招考书记七人，而应试者至百六七十人之多。我曾从做该校教授的朋友某君处看到他们的试卷与相片履历，文章的过得去不消说，字体的工整，相貌的漂亮，都不愧为知识阶级，其履历有曾从法政专门毕业做过书记官的，有曾在某大学毕业的，有曾在师范学校毕业做过若干年的小学教师的。我那时不禁要叹惋说："斯文扫地尽矣！"

三

找不着饭碗的知识阶级，其沉沦当然可悯，那么现有着位置的知识阶级，其状况可以乐观了吗？决不！决不！

先就现在知识阶级的出路从政与教书来说吧。除了法政学校，学校概无做官的科目，知识阶级的从政原是牛头不对马嘴，饥不择食的事。大官当然是无望的，有奥援而最漂亮的够得上秘书或科长，其余的幸而八行书有效，也只好屈就为科员或雇员之类。姑不论“等因”“准此”工作的无趣味，政潮一动，饭碗亦随之动摇。年前各军政机关的政治部被解散时，几百几千的挂斜皮带的无枪阶级的青年立时风流云散，弄得不凑巧，有的还要枉受嫌疑，不能保其首领呢！教书比较地工作苦些，地位似也安稳些，但实际，教育随政潮而变动，结果这里一年，那里半年，也会使你像孔子似的“席不暇暖”，还有欠薪咧、风潮咧等类的麻烦。其他，如新闻记者，如书肆编辑，表面上虽都是难得的差强人意的职业，实际却极无聊。百元左右的薪水已算了不得，在都会生活中要养活一家很是拮据，结果书肆和报馆也许大赚了钱，而记者编辑先生们却只会一日一日地贫穷下去。

现在中国知识阶级的状况真是惨淡，实业的不发达，政治的不安定，结果各业凋敝，而首当其冲的就是那附随各业靠月薪过活的知识阶级。无职的谋职难，未结婚的求偶难，有子女的子女教育经费难，替子女谋职业难，难啊难啊，难矣哉，知识阶级的人们！

四

凡是一阶级，必有一阶级的阶级意识。知识阶级的阶级意识是什么？这是值得考察的。

有一次，我去赴朋友的招宴。那朋友是研究艺术的，同座的有一位他的亲戚，新由投机事业发财的商人。席间，那朋友与商人有一段对话。

“你发了财了，预备怎么样？”

“我恨得无钱苦，预备从此也享些福。”

“有了钱就可以享福了吗？”

“那自然，可以住好的，着好的，吃好的，要字画，要古董，都可立刻办到。你前次不是叹吴昌硕的画好，可惜买不起吗？”

“我劝你别妄想享福，还是专门去弄钱吧。”

“为什么我不能享福？”

“享福不是容易的事。譬如住，你大概所希望的只是七间三进的大厦吧，那种大厦并不一定好看。”

“那我会请工程师打样，还要布置一个好好的花园哩！”

“工程师所打的样子，究竟好不好，你要判别也不容易。即使那样子在建筑艺术上本是好的，也得有赏鉴能力的才会赏鉴。你方才说起吴昌硕的画，有钱的原可花几十块钱买一幅挂在屋子里。但在无赏鉴能力的人，无从知道它的妙处好处，只知道值几十块钱而已。那岂不是只要在壁上糊几张钞票就好了吗？”

那朋友这番话说得那新发财的商人俯首无言。我在旁听了暗暗称快，为之浮一大白。同时想到这就是知识阶级共通的阶级意识。

“长揖傲公卿”“彼以其富，我以吾仁，彼以其爵，我以吾义”。知识阶级的睥睨富贵，自古已然。这血统直流到现在毫无改变。今日的知识阶级一方面因自己尚未入无产阶级，对于体力劳动者有着优越感，一方面又以自己的知识教养与资本家挑战。“守财奴”“俗物”，是知识阶级用以攻击资本家的标语，“穷措大”“寒酸”，是资本家用以还攻的标语。

五

这“金力”与“知力”的抗争，究竟孰胜孰负呢？在从前，原是胜负互见，而大众的同情却都注意于知力的一方。往昔的传说小说戏剧中，以这抗争作了题材而把胜利归诸知力而诅咒金力者很多。名作如《桃花扇》，通俗本如《珍珠塔》，都曾把万斛的同情注于知识阶级。

可是现在怎样？

现在是黄金万能的时代了。黄金原是自古高贵的东西，不过在从前物质文明未发达时，生活上的等差不如现今之甚，有钱的住楼房，无钱的住草舍，有钱的夏天摇有画的纸扇，无钱的摇蒲扇，一样有住，一样得凉，虽相差而不甚远，所以穷人还有穷标可发。现在是有钱的住高大洋房，无钱的困水门汀了，有钱的坐汽车兜风，房子里装冷气管，无钱的汗流浃背地拉黄包车，连摇蒲扇的余暇都没有了。有钱者如彼，无钱者如此，见了钱怎不低头呢！知识阶级虽无钱，但尚未堕入无产的体力劳动者队里去，一方恐失足为体力劳动者，一方又妄思借了什么机会一跃而为准资本家，于是辗转挣扎，不得不终年在苦闷之中。他们要顾体面，要保持威严，体力不如劳动者，职业又不如劳动者的易得，真是进退维谷的可怜的动物。

因此知力对金力的争抗，阵容不得不改变了，所谓“士气”已逐渐消失。我那朋友对那新发财的商人的态度，原是知识阶级以知力屈服金力的千古秘传，可是在现在只是无谓的豪语而已。画家的画无论怎样名贵，有购买力的是富人，文学者的作品如不迎合社会一般心理，虽杰出亦徒然。所以在现在，一切知识阶级都已屈服于金力之下，一字不识的军阀可以使人执笔打四六文的电报，胸无半点丘壑的俗物，可以令人布置幽胜的庭园。文士与庭园意匠师，同时亦不得不殉了“金力”的要求，昧了良心把其主张和艺术观改换面目。

现在的理想人物，不是名流，不是学者，是富人。官僚的被尊敬，并不因其是官僚，实因其是未来的富人。知识阶级的上层的所谓博士之类，其所以受社会崇拜，并不因其学问渊博，实因其本是富人（穷人是断不会成博士的），或将来有成富人的希望。如果叫《桃花扇》《珍珠塔》等的作者在现在再写起作品来，恐亦不会抹杀了事实，作一厢情愿的老格套，把美丽的女主人公嫁给名流或穷措大了。不信，但看当世漂亮的小姐们的趋向！

六

知识阶级的地位已堕落至此，他们将何以自救呢？他们“武装起来”了吗？他们的武器是什么？

他们不如资本家的有金力，又不如劳动者的有暴力，他们的武器有二，一是笔，一是口。他们的战略只是宣传。“处士横议”，孟子也曾畏惧他们的战略，秦始皇至于用了全力来对付他们，似乎很是可怕的东西。但当时之所谓士者，性质单纯，不如现今知识阶级分子的复杂。当时的金力也不如今日之有威严。今日的知识阶级，欲其作一致的宣传，是不可能的，一方贴标语呼口号要打倒谁，一方却在反对地贴标语呼口号要拥护谁，正负相消，结果虽不等于零，效用也就无几。并且，知识阶级无论替任何阶级宣传，个人也许得一时的好处，对于其阶级本身往往不但无益而且有损。例如五四以后，知识阶级替劳动者宣传，所谓“劳动运动”者就是。但其实，那不是“劳动运动”，是“运动劳动”。如果有一日劳动者真觉醒了，真正的“劳动运动”实现以后，知识阶级的地位怎样？不消说是愈不堪的。我并不劝人别做“劳动运动”，利害自利害，事实自事实，无法讳饰的。左倾的宣传得不到好处，那么作右倾的宣传如何？知识阶级已成了金力的奴隶，再作右倾的宣传，金力的暴威将愈咄咄逼来，当然更是不利于其阶级本身的了。

知识阶级有其阶级意识，确是一个阶级，而其战斗力的薄弱实是可惊。他们上层的大概右倾，下层的大概左倾，右倾的不必说，左倾的也无实力。他们决不能与任何阶级反抗，只好献媚于别阶级，把秋波向左送或向右送，以苟延其残喘而已。他们要待其子或孙堕入体力劳动者时才脱离这境界，但到那时，他们的阶级也已早不存在了。

七

如果有人问：知识阶级何以有此厄运？我回答说：这是他们的运命！不但中国如此，全世界都如此。法学士充当警察，是日本所常有的。

友人章克标君新近以其所译莫泊桑的《水上》见赠，其中有一处描写律师或公署的书记的苦况的，摘录数节于下：

> 啊！自由！自由！唯一的幸福，唯一的希望，唯一的梦幻，在一切可怜的存在中，在一切种类的个人中，在一切阶级的劳工中，在为了每日的生活而恶战苦斗的人们之中，这一类人是最可叹了，是最受不了天惠的了。
>
> …………
>
> 他们下过学问上的工夫，他们也懂得些法律，他们也许保有学士的头衔。
>
> 我曾经怎样地切爱过Jules Vallès的奉献之词：
>
> “献呈给一切受了拉丁希腊的教养而饿死的人。”
>
> 晓得那些可怜的人们的收入么？每年八百乃至一千五百法郎！
>
> 阴暗的辩护士办公室的佣人，广大的公署中的雇员，啊，你们每朝不得不在那可怕的牢狱之门上，读但丁的名句：
>
> “舍去一切的希望，你们，进来的人啊！”
>
> 第一次进这门的时候，只有二十岁，留在这里，等到

> 六十岁或在以上，这长期间的生活，毫无一点变动，全生涯始终一样，在一只堆满绿色纸夹的桌子，昏暗的桌子边过去了。他们进来是在前程远大的青年时代，出去的时候，老到近于要死了。我们一生中所造作的一切，追忆的材料，意外的事件，欢喜或悲哀的恋爱，冒险的旅行，一切自由生涯中所遭际的，这一类囚人都不知道的。

这虽是描写书记的，但对于大部分的知识阶级，如学校教师，如新闻记者，如书肆编辑，如官署僚友等，不是也可以照样移赠了吗？

现在或未来的知识阶级诸君啊，珍重！

刊《一般》第十七号
（1928 年 5 月）

《子恺漫画》序

新近因了某种因缘，和方外友弘一和尚（在家时姓李，字叔同）聚居了好几日。和尚未出家时，曾是国内艺术界的先辈，披剃以后专心念佛，见人也但劝念佛，不消说，艺术上的话是不谈起了的。可是我在这几日的观察中，却深深地受到了艺术的刺激。

他这次从温州来宁波，原预备到了南京再往安徽九华山去的。因为江浙开战，交通有阻，就在宁波暂止，挂褡于七塔寺。我得知就去望他。云水堂中住着四五十个游方僧。铺有两层，是统舱式的。他住在下层，见了我笑容招呼，和我在廊下板凳上坐了，说：

“到宁波三日了，前两日是住在某某旅馆（小旅馆）里的。”

“那家旅馆不十分清爽吧。”我说。

“很好！臭虫也不多，不过两三只。主人待我非常客气呢！”

他又和我说了些在轮船统舱中茶房怎样待他和善，在此地挂褡怎样舒服等等的话。

我惘然了，继而邀他明日同往白马湖去小住几日。他初说再看机会，及我坚请，他也就欣然答应。

行李很是简单，铺盖竟是用破席子包的。到了白马湖，在春社里替他打扫了房间，他就自己打开铺盖，先把那破席子珍重地铺在床上，摊开了被，把衣服卷了几件作枕。再拿出黑而且破得不堪的毛巾走到湖边洗面去。

“这手巾太破了，替你换一条好吗？”我忍不住了。

“哪里！还好用的，和新的也差不多。”他把那破手巾珍重地张开来给我看，表示还不十分破旧。

他是过午不食的。第二日未到午，我送了饭和两碗素菜去（他坚说只要一碗的，我勉强再加了一碗），在旁坐了陪他。碗里所有的原只是些萝卜白菜之类，可是在他却几乎是要变色而作的盛馔，喜悦地把饭划入口里，郑重地用筷夹起一块萝卜来的那种了不得的神情，我见了几乎要流下欢喜惭愧之泪了！

第二日，有另一位朋友送了四样菜来斋他，我也同席。其中有一碗咸得非常，我说：

“这太咸了！”

“好的！咸的也有咸的滋味，也好的！”

我家和他寄寓的春社相隔有一段路。第三日，他说饭不必送去，可以自己来吃，且笑说乞食是出家人的本能。

“那么逢天雨仍替你送去吧。”

“不要紧！天雨，我有木屐哩！”他说出木屐二字时，神情上竟俨然是一种了不得的法宝。我总还有些不安。他又说：

“每日走些路，也是一种很好的运动。”

我也就无法反对了。

在他，世间竟没有不好的东西，一切都好，小旅馆好，统舱好，挂褡好，破席子好，破旧的手巾好，白菜好，萝卜好，咸苦的蔬菜好，跑路好，什么都有味，什么都了不得。

这是何等的风光啊！宗教上的话且不说，琐屑的日常生活到此境界，不是所谓生活的艺术化了吗？人家说他在受苦，我却要说他是享乐。我常见他吃萝卜白菜时那种喜悦的光景，我想：萝卜白菜的全滋味，真滋味，怕要算他才能如实尝到的了。对于一切事物，不为因袭的成见所缚，都还他一个本来面目，如实观照领略，这才是真解脱，真享乐。

艺术的生活原是观照享乐的生活，在这一点上，艺术和宗教实有同一的归趋。凡为实例或成见所束缚，不能把日常生活咀嚼玩味的，都是与艺术无缘的人。真的艺术，不限在诗里，也不限在画里，到处都有，随时可得。能把它捕捉了用文字表现的是诗人，用形及五彩表现的是画家。不会作诗，不会作画，也不要紧，只要对于日常生活有观照玩味的能力，无论如何都能有权去享受艺术之神的恩宠。否则虽自号为诗人画家，仍是俗物。

与和尚数日相聚，深深地感到这点。自怜囫囵吞枣地过了大半生，平日吃饭着衣，何曾尝到过真的滋味！乘船坐车，看山行路，何曾领略到真的情景！虽然愿从今留意，但是去日苦多，又因自幼未曾经过好好的艺术教养，即使自己有这个心，何尝有十分把握！言之怃然！

正怃然间，子恺来要我序他的漫画集。记得子恺的画这类画，实由于我的怂恿。在这三年中，子恺着实画了不少，集中所收的不过数十分之一。其中含有两种性质，一是写古诗词名句的，一是写日常生活的断片的。古诗词名句原是古人观照的结果，子恺不过再来用画表出一次，至于写日常生活断片的部分，全是子恺自己观照的表现。前者是翻译，后者是创作了。画的好歹且不说，子恺年少于我，对于生活有这样的咀嚼玩味的能力，和我相较，不能不羡子恺是幸福者！

子恺为和尚未出家时画弟子，我序子恺画集，恰因当前所感，并述及了和尚的近事，这是什么不可思议的缘啊！南无阿弥陀佛！

刊《文学周报》第一九八期
（1925 年 11 月）

我的中学生时代

中学生时代，在年龄上是指十三四岁到十八九岁的一段。我今年四十六岁，我的中学生时代已是三十年以前的事了。那时正是由科举过渡到学校的当儿，学校未兴，私塾是唯一的学校。我自幼也从塾师读经书，学八股，考秀才，后来且考过举人。及科举全废的前两三年，然后改进学校，可是未曾在什么学校里毕过业，未曾得过卒业文凭。

我上代是经商的，父亲却是个秀才。在十岁以前，祖父的事业未倒，家境很不坏，兄弟五人中据说我在八字上可以读书，于是祖父与父亲都期望我将来中举人点翰林，光大门楣，不预备叫我去学生意。在我家坐馆的先生也另眼相看，我所读的功课是和我的兄弟们不同的。他们读毕四书，就读些《幼学琼林》和尺牍书类，而我却非读《左传》《诗经》《礼记》等等不可。他们不必做八股文，而我却非做八股文不可。因为我是要预备将来做读书人的。

十六岁那年我考得了秀才，以后不久八股即废，改“以策论取士”。八股在戊戌政变时曾废过，不数月即恢复，至是时乃真废了。这改革使全国的读书人大起恐慌。当时的读书人大都是一味靠八股吃饭的，他们平日朝夕所读的是八股，案头所列的是闱墨或试帖诗，经史向不研究，“时务”更所茫然。我虽八股的积习未深，不曾感到很大的不平，但要从师也无师可从，只是把《大题文府》等类搁起，换些《东莱博议》《读通鉴论》《古文观止》之类的东西来读，把自折纸废去，临摹碑帖，再把当时唯一的算术书《笔算数学》买来自修而已。

那时我家里的情况已大不如从前了。最初是祖父的事业失败，不久祖父即去世。父亲是少爷出身，舒服惯了的。兄弟们为家境所迫，都托亲友介绍，提早做商店学徒去了。五间三进的宽大而贫乏的家里，除了母亲和一个嫂子，就剩了父子两个老小秀才。父亲的书箱里，八股文以外有一部《史记》，一部《前后汉书》，一部《韩昌黎集》，一部《唐诗三百首》，一部《通鉴纲目》，一部《文选》，一部《聊斋志异》，一部《红楼梦》，一部《西厢记》，一部《经策通纂》，一部《皇清经解》，还有几种唐人的碑帖与《桐荫论画》等论书画的东西。父子把这些书作长日的消遣，父亲爱写字，种花，整洁居室，室里干净清静得如庵院一般。这样地过了约莫一年。

亲戚中从上海回来的，都来劝读外国书（即现在的所谓进学校）。当时内地无学校，要读外国书只有到上海。据说上海最有名的是梵王渡（即现在的圣约翰大学），如果在那里毕业，包定有饭吃。父母也觉得科举快将全废，长此下去究不是事，于是就叫我到上海去读外国书。当时读外国书的地方并不多，外国人立的只有梵王渡、震旦与中西书院，中国人立的只有南洋公学。我是去读外国书的，当然要进外国人的学校。震旦是读法文的，梵王渡据说程度较高，要读过几年英文才能进去，中西书院（即现在东吴大学的前身）入学比较容易些，我于是就进中西书院。

那时生活程度还很低，可是学费却已并不便宜，中西书院每半年记得要缴费四十八元。家中境况已甚拮据，我的第一次半年的学费还是母亲把首饰变卖了给我的。我与便友同伴到了上海，由大哥送我入中西书院。那时我年十七。

中西书院初等科三年，高等科三年，此外还有特科若干年。我当然进初等科，那时功课不限定年级，是依学生的程度定的。英文是甲班的，算学如果有些根底就可入乙班，国文好的可以入丙班。我英文初读，入甲班，最初读的是《华英初阶》；算学乙班，读《笔算数学》；国文，甲班；其余各科也参差不齐，记不清楚了。各种学科中，最被人看不起的是国文，上课与否可以随便，最注重的是英文。时间表很简单，每日上午全读英文，下午第一时板定是算学,其余各科则配搭在数学以后。监院（即校长）是美国人潘慎文，教习有史拜言、谢鸿赉等。同学一百多人，大多数是包车接送的富者之子，间有贫寒子弟，则系基督教徒，受有教会补助，读书不用花钱的。我的同学中很有许多现今知名之士。记得名律师丁榕，经济大家马寅初，都是我的先辈的同学。

中西书院门禁森严，除通学生外，非得保证人来信不能出大门一步，并且星期日不能告假（因为要做礼拜），情形几等于现在的旧式女学校。告假限在星期六下午。我的保证人是我的大哥，他在商店做事，每月只来带我出去一次，有时他自己有事，也就不来领我。我在那里几乎等于笼鸟，尤其是礼拜日，逃不掉做礼拜觉得很苦。

礼拜真正多极。每日上课前要做礼拜，星期三晚上要做礼拜，星期日早晨要做礼拜，晚上又要做礼拜。每次礼拜有舍监来各房间查察，非去不可。每日早晨的礼拜约须三十分钟，其余的都要费一小时以上。唱赞美歌，祷告，讲经，厌倦非凡。这种麻烦，如果叫现今每周只做一次纪念周犹嫌费事的学生诸君去尝，不知能否忍耐呢。

读了一学期，学费无法继续，于是只好仍旧在家里，用《华英进阶》《华英字典》（这是中国第一部英文字典，商务出版）《代数备旨》等书自修。另外再作些策论《四书义》，请邑中的老先生评阅。秋间再去考乡试，举人当然无望，却从临时书肆（当时平日书店很少，一至考试时，试院附近临时书店如林）买了严译《原富》《天演论》等书回来，莫名其妙地翻阅。又因排满之呼声已起，我也向朋友那里借了《新民丛报》等来看，由是对于明末清初的故事与文章很有兴味，《明季稗史》《明夷待访录》《吴梅村集》《虞初新志》等书，都是我所耽读的。

十八岁那年，因了一位朋友的劝告，同到绍兴府学堂（即现在浙江第五中学的前身）入学。在那一二年中，内地学堂已成立了不少。当时办学概依奏定学堂章程,学制很划一。县有县学堂，性质为现在的高小程度，府学堂则相当于现在的中学，省学堂相当于大学预科，京师大学堂即现在的所谓大学了。学堂的成立，并无一定顺序，我们绍属是先有中学，后有小学的。府学堂不收学费，宿费更不须出，饭费只每月二元光景。并且学校由书院改设，书院制尚未全除，月考成绩若优，还有一元乃至几毛钱的"膏火"可得（膏火是书院时代的奖金名称，意思是灯油费）。读书不但可以不花钱，而且弄得好还有零用可获得的。

府学堂的科目记得为伦理、经学、国文、英文、史学、舆地、算学、格致（即现在的理化博物）、体操、测绘（用器画舆地图），功课亦依程度编级，一如中西书院的办法。我因英文已有半年每日三点钟及在家自修的成绩，居然大出风头，被排在程度顶高的一级里，算学与国文的班次也不低。同学之中年龄老大的很多，班级皆低于我，我于是颇受师友的青眼。

国文是一位王先生教的,选读《皇朝经世文编》,作文题是《范文正公为秀才时便以天下为己任》《士先器识而后文艺》之类。经学是徐先生（即刺恩铭的徐锡麟烈士）担任的,他叫我们读《公羊传》，上课时大发挥其微言大义。测绘也由这位徐先生担任。体操教师是一位日本人，他不会讲中国话，口令是用日本语的，故于最初就由他教我们几句体操用的日本语，如"立正""向前"

之类。伦理教师最奇特，他姓朱，是绍兴有名的理学家，有长长的须髯，走路踱方步，写字仿朱子。他教我们学“洒扫应对”“居敬存诚”，还教我们舞佾，拿了鸡尾似的劳什子作种种把戏。据他的主张，上课时书应端执在右手，不应挟在腋下；上班退班都须依照长幼之序“鱼贯而行”，不应作鸟兽散；见先生须作揖，表示敬意。我们虽不以为然，却不去加以攻击，只依老古董相待罢了。

当时青年界激昂慷慨，充满着蓬勃的朝气，似乎都对于中国怀着相当的期待，不像现在的消沉幻灭。庚子事件经过不久，又当日俄战争，风云恶劣，大家都把一切罪恶归诸满人，以为只要把满人推倒，国事就有希望了。《新民丛报》《浙江潮》等杂志大受青年界的欢迎，报纸上的社论也大被注意阅读。那时恋爱尚未成为青年间的问题，出路的关心也不如现在的急切（因为读书人本来不大讲究出路），三四朋友聚谈，动辄就把话题移到革命上去，而所谓革命者，内容就只是排满，并没有现在的复杂。见了留学生从日本回来没有辫子，恨不得也去留学，可以把辫子剪去（当时普通人是不许剪辫子的）。见了花翎颜色顶子的官吏，就暗中憎恶，以为这是奴隶的装束。卢梭、罗兰夫人、马志尼等，都因了《新民丛报》的介绍，在我们的心胸里成了令人神往的理想人物。罗兰夫人的“自由，自由！天下几多罪恶假汝之名以行！”已成了摇笔即来的文章的套语了。

我在这样的空气中过了半年中学生活，第二学期又辍学了。

这次辍学并非由于拿不出学费，乃是为了要代替父亲坐馆。父亲在一年来已在家授徒了，一则因邻近有许多小孩子要请人教书，二则父亲嫌家里房屋太大，住了太寂寞，于是在家里设起书塾来。来读的是几个族里与邻家的小孩。中途忽然有一位朋友要找父亲去替他帮忙，为了友谊与家计，都非去不可。书馆是不能中途解散的，家里又无男子，很不放心，于是就叫我辍学代庖。功课当然是我所教得来的。学生不多，时间很有余暇，于是一壁教书，一壁仍行自修。家里人颇思叫我永继父职，就长此教书下去。本乡小学校新立，也邀我去充教习，但我总觉得于心不甘。

恰好有一个亲戚的长辈从日本留学法政回来，说日本如何如何地好，求学如何如何地便利。我对于日本留学梦想已久了，听了他的话，心乃愈动。父母并不大反对，只是经费无着，乃遍访亲友借贷，很费力地集了五百元，冒险赴日。

当时赴日留学成为一种风气。东京有一个宏文学院，就是专为中国留学生办的，普通科二年毕业，除教日语外，兼教中学课程。凡想进专门以上的学校的，大概都在那里预备。我因学费不足两年的用度，乃于最初数月请一日本人专教日文，中途插入宏文学院普通科去。总算我的自修有效，英算各科居然尚能衔接赶上。在那里将毕业的前二三月，东京高等工业学校招考了，我不待毕业就去跨考，结果幸而被录取。当时规定，入了官立专门学校就有官费的，而浙江因人多不能照办。我入高工后快将一年，就领不到官费，家中已为我负债不少，结果乃又不得不中途辍学回国，谋职糊口。我的中学时代就此结束了，那年我二十一岁。

总计我的中学时代，经过许多的周折，东补西凑，断续不成片断。我为了修得区区的中学课程，曾经过不少磨难，空费过长期的光阴。这种困苦的经验，当时不但我个人有过，实可谓是一般的情形。现在的中学生在这点上真足羡艳，真是幸福。

刊《中学生》第十六号

（1931 年 6 月）

光复杂忆

武昌起义以后，各省纷纷响应，大都“兵不血刃”就转了向了。我们浙江的改换五色旗是十一月五日。那时我在杭州，事前曾有风声说就要发动。四日夜里尚毫不觉得有什么，次晨起来，知道已光复了，抚台已逃走。光复的痕迹，看得见的只有抚台衙门的焚烧的余烬，墙上贴着的都督汤寿潜的告示，和警察袖上缠着的白布条。街上的光景和旧历元旦很相像，商店大半把门闭着，行人很稀少。

一时流行的是剪辫，青年们都成了和尚。因为一向梳辫的缘故，梳的方向与发的本来方向不同，剃去以后每人头上有着白白的一圈，当时有一个名字，叫作奴隶圈。这时候最出风头的不消说是本来剪了发的留学生了。一般青年都恨不得头发快长起，掠成“西发”。老成拘谨些的人不敢就剪辫，或剪去一截，变成鸭屁股式。乡下农民最恋恋于辫发，有一时，警察手中拿了剪刀，硬要替行人剪发，结果乡下人不敢上城市来了。有的把辫子盘起来藏在帽里，可笑的事情不少。

当时尚未发明标语的宣传法，大家只在日用文件上表示些新气象。最初用黄帝纪元，第二年才称民国元年。在文字的写法上有好些变化，革命军的“军”大家都写作“軍”，“民”字写作“民”，据说是革命军与人民出了头的意思。“國”字须写作“囻”，据说是共和国以人民为主体的意思。这风气直至民国四五年袁世凯要称帝时还存在着。朋友 × 君曾以“國”字为谜底作一灯谜云：“有的说是民意，有的说是王心，不知这圈圈内是什么人。”國字旧略写作“国”。× 君的灯谜是暗射当时的时事的。

“现在是民国时代了，什么花样都玩得出来！如果在前清是……”光复后不到几年，常从顽固的老年人口中听到这样的叹息。记得在光复当时，人心是非常兴奋的。一般人，尤其是青年，都认中国的衰弱，罪在满洲政府的腐败，只要满洲人一倒，就什么都有办法。辫子初剪去的时候，我们青年朋友间都互相策励，存心做一个新国民，对时代抱着很大的希望。就我个人说，也许是年龄上的关系吧，当时的心情比十六年欢迎党军莅境似乎兴奋得多。宋教仁的被暗杀，记得是我幼稚素朴的心上第一次所感到的幻灭。

光复初年的双十节不像现在的冷淡，各地都有热烈的庆祝。我在杭州曾参加过全城学界提灯会，提了“国庆纪念”的高灯，沿途去喊“中华民国万岁！”自六时起至十时才停脚，脚底走起了泡。这泡后来成了两个茧，至今还在我脚上。

刊《中学生》第三十八号

（1933 年 10 月）

紧张气氛的回忆

前后约二十年的中学教师生活中，回忆起来自己觉得最像教师生活的，要算在 ×× 省 × 校担任舍监，和学生晨夕相共七八年，尤其是最初的一二年。至于其余只任教课或在几校兼课的几年，跑来跑去简直松懈得近于帮闲。

我的最初担任舍监是自告奋勇的，其时是民国元年。那时学校习惯把人员截然划分为教员与职员两种，教书的是教员，管事务的是职员，教员只管自己教书，管理学生被认为是职员的责任。饭厅闹翻了，或是寄宿舍里出了什么乱子了，做教员的即使看见了，照例可“顾而之他”或袖手旁观，把责任委诸职员身上。而所谓职员者又有在事务所的与在寄宿舍的之分，各不相关。舍监一职，待遇甚低，其地位力量易为学生所轻视。狡黠的学生竟胆敢和舍监先生开玩笑，有时用粉笔在他的马褂上偷偷地画乌龟，或趁其不意把草圈套在他的瓜皮帽结子上。至于被学生赶跑，是不足为奇的。舍监在当时是一个屈辱的位置，做舍监的怕学生，对学生要讲感情。只要大家说“× 先生和学生感情很好”，这就是漂亮的舍监。

有一次，× 校舍监因为受不过学生的气，向校长辞职了，一时找不到相当的替人。我在 × 校教书，颇不满于这种情形，遂向校长自荐，去兼充了这个屈辱的职位。这职位的月薪记得当时是三十元。

我有一个朋友在第 × 中学做教员，因在风潮中被学生打了一记耳光，辞职后就抑郁病死了。我任舍监和这事的发生没有多日，心情激昂得很，以为真正要做教育事业须不怕打，或者竟须拼死，所以就职之初就抱定了硬干的决心：非校长免职或自觉不能胜任时决不走，不怕挨打，凡事讲合理与否，不讲感情。

× 校有学生四百多人，其中年龄最大的和我相去只几岁。我在 × 校虽担任功课有年，实际只教一二班，差不多有十分之七八是不相识的。当时轻视舍监已成了风气，我新充舍监，最初曾受到种种的试炼。因为我是抱了不顾一切的决心去的，什么都不计较，凡事皆用坦率强硬的态度去对付，决不迁就。在饭厅中，如有学生远远地发出“嘘嘘”的鼓动风潮的暗号，我就立在凳子上去注视发“嘘嘘”之声的是谁？饭厅风潮要发动了，我就对学生说：“你们试闹吧，我不怕。看你们闹出什么来。”人丛中有人喊“打”了，我就大胆地回答说：“我不怕打，你来打吧。”学生无故请假外出，我必死不答应，宁愿与之争论一二小时才止。每晨起床铃一摇，我就到斋舍里去视察，如有睡着未起者，一一叫起。夜间在规定的自修时间内，如有人在喧扰，就去干涉制止，熄灯以后见有私点洋烛者，立刻赶进去把洋烛没收。我不记学生的过，有事不去告诉校长，只是自己用一张嘴和一副神情去直接应付。每日起得甚早，睡得甚迟，最初几天向教务处取了全体学生的相片来，一叠叠地摆在案上，像打扑克或认方块字似的一一翻动，以期认识学生的面貌名字及其年龄籍贯学历等等。

我在那时颇努力于自己的修养，读教育的论著，翻宋元明的性理书类，又搜集了许多关于青年的研究的东西来读。非星期日不出校门，除在教室授课的时间外，全部埋身于自己读书与对付学生之中。自己俨然以教育界的志士自期，而学生之间却与我以各种各样的绰号，据我所知道的，先后有“阎罗”“鬼王”“戆大”“木瓜”几个，此外也许还有更不好听的，可是我不知道了。

我做舍监原是预备去挨打与拼命的，结果却并未遇到什么，一连做了七八年。到后来什么都很顺手,差不多可以“无为卧治”了。事隔多年，新就职时那种紧张的气氛，至今回忆起来还能大概在心中复现。遇到老学生们也常会大家谈起当时的旧事来，相对共笑。

刊《中学生》第四十二号

（1934 年 2 月）

一个追忆

这是四五年前的事。

钱塘江心忽然长起了一条长长的土埂，有三四里路阔，把江面划分为二。杭州与西兴之间，往来的人要摆两次渡，先渡到土埂，更走三四里路，或坐三四里路的黄包车，到土埂尽头，再上渡船到彼岸去。这情形继续了大半年，据说是百年来从未有过的奇观。

不会忘记：那是废历九月十八的一天，我从白马湖到上海来，因为杭州方面有点事情，就不走宁波，打杭州转。在曹娥到西兴的长途中，有许多人谈起钱塘江中的土埂，什么“世界两样了，西湖搬进了城里，钱塘江有了两条了”咧，“据说长毛以前，江里也起过块，不过没有这样长久，怪不得现在世界又不太平”咧。我已有许久不渡钱塘江了，只是有趣味地听着。

到西兴江边已下午四时光景，果然望见江心有土埂突出在那里，还有许多行人和黄包车在跑动。下渡船后，忽然记得今天是九月十八，依照从前八月十八看潮的经验，下午四五时之间是有潮的。“如果不凑巧，在土埂上行走着的当儿碰见潮来，将怎样呢？”不觉暗自担心起来。旅客之中也有几个人提起潮的，大家相约：“看情形再说，如果潮要来了，就不上土埂，停在渡船里，待潮过了再走。”

渡船到土埂时，几十个黄包车夫来兜生意，说“潮快来了，快坐车子去！”大部分的旅客都跳上了岸，方才相约慢走的几位也一个个地管自乘车去了。渡船中除我以外，只剩了二三个人。四五部黄包车向我们总攻击，他们打着萧山话，有的说“拉到渡船头尚来得及”，有的说“这几天即使有潮也是小小的。我们日日在这里，难道不晓得？”我和留着的几位结果也都身不由主地上了黄包车。

坐在黄包车上担心着遇见潮，恨不得快到前方的渡头。哪里知道拉到一半路程的时候，前方的渡船已把跳板抽起要开行了。江心的设渡是临时的，只有渡船没有趸船。前方已没有船可乘，四边有人喊“潮要到了！”没有坐人的黄包车都在远远地向浅滩逃奔，土埂上只剩了我们三四部有人的车子，结果只有向后转，回到方才来的原渡船去。幸而那只渡船载着从杭州到西兴去的旅客，还未开行。

四周寂无人声，隆隆的潮声已听到了。车夫一面飞奔，一面喊“救命！”我们也喊“救命！”“放下跳板来！”

逃上跳板的时候，潮头已望得见。船上的旅客们把跳板再放下一块，拼得阔阔的，协力将黄包车也拉了上来。潮头就到船下了，潮意外地大，船一高一低地颠簸得很凶，可是我在这瞬间却忘了波涛的险恶，深深地感到生命的欢喜和人间的同情。

潮过以后，船开到西兴去。我们这几个人好像学校落第生似的再从西兴重新渡到杭州。天已快晚，隐约中望得见隔江的灯火。潮水把土埂涨没，钱塘江已化零为整，船可直驶杭州渡头，不必再在江心坐黄包车了。船行到江心土埂的时候，我们患难之交中有一位走到船头，把篙子插到水里去看有多少深，谁知一篙子还不到底。

“险啊！如果浸在潮里，我们现在不知怎样了！”他放好篙子说，把舌头伸出得长长的。

“想不得了，还是不去想它好。”一个患难之交说。

我觉得他们的话都有道理。

刊《中学生》第四十七号

（1934年9月）

我之于书

二十年来，我生活费中至少十分之一二是消耗在书上的。我的房子里比较贵重的东西就是书。

我一向没有对于任何问题作高深研究的野心，因之所买的书范围较广，宗教、艺术、文学、社会、哲学、历史、生物，各方面差不多都有一点。最多的是各国文学名著的译本，与本国古来的诗文集，别的门类只是些概论等类的入门书而已。

我不喜欢向别人或图书馆借书。借来的书，在我好像过不来瘾似的，必要是自己买的才满足。这也可谓是一种占有的欲望。买到了几册新书，一册一册地加盖藏书印记，我最感到快悦的是这时候。

书籍到了我的手里，我的习惯是先看序文，次看目录。页数不多的往往立刻通读，篇幅大的，只把正文任择一二章节略加翻阅，就插在书架上。除小说外，我少有全体读完的大部的书，只凭了购入当时的记忆，知道某册书是何种性质，其中大概有些什么可取的材料而已。什么书在什么时候再去读再去翻，连我自己也无把握，完全要看一个时期一个时期的兴趣。关于这事，我常自比为古时的皇帝，而把插在架上的书譬诸列屋而居的宫女。

我虽爱买书，而对于书却不甚爱惜。读书的时候，常在书上把我所认为要紧的处所标出。线装书大概用笔加圈，洋装书竟用红铅笔画粗粗的线。经我看过的书，统体干净的很少。

据说，任何爱吃糖果的人，只要叫他到糖果铺中去做事，见了糖果就会生厌。自我入书店以后，对于书的贪念也已消除了不少了，可是仍不免要故态复萌，想买这种，想买那种。这大概因为糖果要用嘴去吃，摆存毫无意义，而书则可以买了不看，任其只管插在架上的缘故吧。

刊《中学生》第三十九号

（1933年11月）

试炼

搬家到这里来以后，才知道附近有两所屠场。一所是大规模的西洋建筑，离我所住地方较远，据说所屠杀的大部分是牛。偶尔经过那地方，除有时在近旁见到一车一车的血淋淋的牛肉或带毛的牛皮外，听不到什么恶声，也闻不到什么恶臭。还有一所是旧式的棚屋，所屠杀的大部分是猪。棚屋对河一条路是我出去回来常要经过的，白天看见一群群的猪被拷押着走过，闻着一股臭气，晚间听到凄惨的叫声。

我尚未戒肉食，平日吃牛肉，也吃猪肉，但见到血淋淋的整车的新从屠场运出来的牛体，听到一阵阵的猪的绝命时的惨叫，总觉得有些难当。牛肉车不是日日碰到的，有时远远地见到了就俯下了头管自己走路让它通过，至于猪的惨叫是所谓“夜半屠门声”，发作必在夜静人定以后。我日里有板定的工作，探访酬酢及私务处理都必在夜间，平均一星期有三四日不在家里吃夜饭，回家来往往要到十点至十一点模样。有时坐洋车，有时乘电车到附近下车再步行，总之都不免听到这夜半的屠门声。

在离那儿数十步的地方已隐隐听到猪叫了。同时有好几只猪在叫，突然来一个尖利的曳长的声音，这不消说是一只猪绝命了的表征。不多时继续地又是这么尖利的一声。我坐在洋车上不禁要用手掩住耳朵，步行时总是疾速快走，但愿这声音快些离开我的听觉范围，不敢再去联想什么，想象什么。到了听不见声音的地方才把心放下，那情形宛如从恶梦里醒来一样。

为要避免这苦痛，我曾想减少夜间出外的次数，或到九点钟模样就回家来。可是事实常不许这样。尤其是废历年关的几天，我外出的机会更多了，屠场的屠杀也愈增加了，甚至于白天经过，也要听到悲惨的叫声。

“世界是这样，消极地逃避是不可能的。你方才不是吃了猪肉吗？那么为什么听到杀猪就如此害怕？古来有志的名人为了要锻炼胆力，曾有故意到刑场去看行刑的事。现在到处有天灾人祸，世界大战又危机日迫，你如果连杀猪都要害怕，将来到了流血成河、杀人盈野的时候怎样？要改革现社会，就得先有和现社会罪恶对面的勇气。你如果能把猪的绝命的叫声老实谛听，或实地去参观杀猪的情形，也许因此会发起真正的慈悲心来，废止肉食。假惺惺的行为，毕竟只是对自己的欺骗，不是好汉的气概！”有一天，在亲戚家里吃了年夜饭回来，我曾这样地在电车中自语。

下了电车，走近河边，照例就隐约地有猪叫声到耳朵里来了。棚屋中的灯光隔河望去特别地亮，还夹入着热蓬蓬的烟雾。我抱了方才的决心步行着故意去听，总觉得有些难耐。及接连听到那几声尖利的惨叫，不由自主地又把两耳掩住了。

刊《中学生》第五十三号

（1935 年 3 月）

钢铁假山

案头有一座钢铁的假山，得之不费一钱，可是在我室内的器物里面，要算是最有重要意味的东西。

它成为假山，原由于我的利用，本身只是一块粗糙的钢铁片，非但不是什么“吉金乐石”，说出来一定会叫人发指，是“一二八”之役日人所掷的炸弹的裂块。

这已是三年前的事了。日军才退出，我到江湾立达学园去视察被害的实况，在满目凄怆的环境中徘徊了几小时，归途拾得这片钢铁回来。这种钢铁片，据说就是炸弹的裂块，有大有小，那时在立达学园附近触目皆是。我所拾的只是小小的一块，阔约六寸，高约三寸，厚约二寸，重约一斤。一面还大体保存着圆筒式的弧形，从弧线的圆度推测，原来的直径应有一尺光景，不知是多少磅重的炸弹了。另一面是破裂面，巉削凹凸，有些部分像峭壁，有些部分像危岩，锋棱锐利得同刀口一样。

江湾一带曾因战事炸毁过许多房子，炸杀过许多人。仅就立达学园一处说，校舍被毁的过半数。那次我去时，瓦砾场上还见到未被收殓的死尸。这小小的一块炸弹裂片，当然参与过残暴的工作，和刽子手所用的刀一样，有着血腥气的。论到证据的性质，这确是“铁证”了。

我把这铁证放在案头上作种种的联想，因为锋棱又锐利摆不平稳，每一转动，桌上就起磨损的痕迹。最初就想配了架子当作假山来摆。继而觉得把惨痛的历史的证物变装为骨董性的东西，是不应该的。古代传下来的骨董品中，有许多原是历史的遗迹，可是一经穿上了骨董的衣服就减少了历史的刺激性，只当作骨董品被人玩耍了。

这块粗糙的钢铁不久就被我从案头收起，藏在别处，忆起时才取出来看。新近搬家整理物件时被家人弃置在杂屑篓里，找寻了许久才发现。为永久保藏起见，颇费过些思量。摆在案头吧，不平稳，而且要擦伤桌面。藏在衣箱里吧，防铁锈沾惹坏衣服，并且拿取也不便。想来想去，还是去配了架子当作假山来摆在案头好。于是就托人到城隍庙一带红木铺去配架子。

现在，这块钢铁片已安放在小小的红木架上，当作假山摆在我的案头了。时间经过三年之久，全体盖满了黄褐色的铁锈，凹入处锈得更浓。碎裂的整块的，像沈石田的峭壁，细杂的一部分像黄子久的皴法，峰冈起伏的轮廓有些像倪云林。客人初见到这座假山，都称赞它有画意，问我从什么地方获得。家里的人对它也重视起来，不会再投入杂屑篓里去了。

这块钢铁片现在总算已得到了一个处置和保存的方法了，可是同时却不幸地着上了一件骨董的衣裳。为减少骨董性显出历史性起见，我想写些文字上去，使它在人的眼中不仅是富有画意的假山。

写些什么文字呢？诗歌或铭吗？我不愿在这严重的史迹上弄轻薄的文字游戏，宁愿老老实实地写几句记实的话。用什么来写呢？墨色在铁上是显不出的，照理该用血来写，必不得已，就用血色的朱漆吧。今天已是二十四年的一月十日了，再过十八日，就是今年的“一二八”。我打算在“一二八”那天来写。

刊《中学生》第五十二号

（1935 年 2 月）

中年人的寂寞

我已是一个中年的人。一到中年，就有许多不愉快的现象，眼睛昏花了，记忆力减退了，头发开始秃脱而且变白了，意兴，体力，什么都不如年青的时候，常不禁会感觉到难以名言的寂寞的情味。尤其觉得难堪的是知友的逐渐减少和疏远，缺乏交际上的温暖的慰藉。

不消说，相识的人数是随了年龄增加的，一个人年龄越大，走过的地方当过的职务越多，相识的人理该越增加了。可是相识的人并不就是朋友。我们和许多人相识，或是因了事务关系，或是因了偶然的机缘——如在别人请客的时候同席吃过饭之类。见面时点头或握手，有事时走访或通信，口头上彼此也称“朋友”，笔头上有时或称“仁兄”,诸如此类,其实只是一种社交上的客套，和“顿首”“百拜”同是仪式的虚伪。这种交际可以说是社交，和真正的友谊相差似乎很远。

真正的朋友，恐怕要算“总角之交”或“竹马之交”了。在小学和中学的时代容易结成真实的友谊，那时彼此尚不感到生活的压迫，入世未深，打算计较的念头也少，朋友的结成全由于志趣相近或性情适合，差不多可以说是“无所为”的，性质比较地纯粹。二十岁以后结成的友谊，大概已不免搀有各种各样的颜色分子在内；至于三十岁四十岁以后的朋友中间，颜色分子愈多，友谊的真实成分也就不免因而愈少了。这并不一定是“人心不古”，实可以说是人生的悲剧。人到了成年以后，彼此都有生活的重担须负，入世既深，顾忌的方面也自然加多起来，在交际上不许你不计较，不许你不打算，结果彼此都“勾心斗角”，像七巧板似的只选定了某一方面和对方去接合。这样的接合当然是很不坚固的，尤其是现代这样什么都到了尖锐化的时代。

在我自己的交游中，最值得系念的老是一些少年时代以来的朋友。这些朋友本来数目就不多，有些住在远地，连相会的机会也不可多得。他们有的年龄大过了我，有的小我几岁，都是中年以上的人了，平日各人所走的方向不同，思想趣味境遇也都不免互异，大家晤谈起来，也常会遇到说不出的隔膜的情形。如大家话旧，旧事是彼此共喻的，而且大半都是少年时代的事，“旧游如梦”，把梦也似的过去的少年时代重提，因谈话的进行，同时会联想起许多当时的事情，许多当时的人的面影，这时好像自己仍回归到少年时代去了。我常在这种时候感到一种快乐，同时也感到一种伤感，那情形好比老妇人突然在抽屉里或箱子里发现了她盛年时的影片。

逢到和旧友谈话，就不知不觉地把话题转到旧事上去，这是我的习惯。我在这上面无意识地会感到一种温暖的慰藉。可是这些旧友一年比一年减少了，本来只是屈指可数的几个，少去一个是无法弥补的。我每当听到一个旧友死去的消息，总要惆怅多时。

学校教育给我们的好处不但只是灌输知识，最大的好处恐怕还在给予我们求友的机会上。这好处我到了离学校以后才知道，这几年来更确切地体会到，深悔当时毫不自觉，马马虎虎地过去了。近来每日早晚在路上见到两两三三的携着书包、携了手或挽了肩膀走着的青年学生，我总艳羡他们有朋友之乐，暗暗地要在心中替他们祝福。

刊《中学生》第四十九号

（1934 年 11 月）

早老者的忏悔

朋友间谈话，近来最多谈及的是关于身体的事。不管是三十岁的朋友，四十岁的朋友，都说身体应付不过各自的工作，自己照起镜子来，看到年龄以上的老态，彼此感慨万分。

我今年五十，在朋友中原比较老大，可是自己觉得体力减退已好多年了。三十五六岁以后，我就感到身体一年不如一年，工作起不得劲，只是恹恹地勉强挨，几乎无时不觉得疲劳，什么都觉得厌倦。这情形一直到如今。十年以前，我还只四十岁，不知道我年龄的都说我是五十岁光景的人，近来居然有许多人叫我“老先生”。论年龄，五十岁的人应该还大有可为，古今中外，尽有活到了七十八十，元气很盛的。可是我却已经老了，而且早已老了。

因为身体不好，关心到一般体育上的事情，对于早年自己的学校生活，发现一个重大的罪过。现在的身体不好，可以说是当然的报应。这罪过是什么？就是看不起体操教师。

体操教师的被蔑视，似乎在现在也是普遍现象。这是有着历史关系的。我自己就是一个历史的人物。三十年前，中国初兴学校，学校制度不像现在的完整。我是弃了八股文进学校的，所进的学校先后有好几个，程度等于现在的中学。当时学生都是所谓“读书人”，童生秀才都有，年龄大的可三十岁，小的可十五六岁，我算是比较年青的一个。那时学校教育虽号称“德育智育体育并重”，可是学生所注重的是“智育”，学校所注重的也是“智育”，“德育”和“体育”只居附属的地位。在全校的教师之中，最被重视的是英文教师，次之是算学教师、格致（理化博物之总名）教师，最被蔑视的是修身教师、体操教师。大家把修身教师认作迂腐的道学家，把体操教师认作卖艺打拳的江湖家。修身教师大概是国文教师兼的。体操教师的薪水在教师中最低，往往不及英文教师的半数。

那时学校新设，各科教师都并无一定的资格，不像现在有大学或专门科毕业生。国文教师、历史教师，由秀才举人中挑选；英文教师大概向上海聘请，圣约翰书院（现在改称大学，当时也叫梵王渡）出身的曾大出过风头；算学、格致教师也都是把教会学校的未毕业生拉来充数：论起资格来，实在薄弱得很。尤其是体操教师，他们不是三个月或半年的速成科出身，就是曾经在任何学校住过几年的三脚猫。那时一面有学校，一面还有科举，大家把学校教育当作科举的准备。体操一科，对于科举是全然无关的，又不像现在学校的有竞技选手之类的名目，谁也不去加以注重。在体操时间，有的请假，有的立在操场上看教师玩把戏，自己敷衍了事。体操教师对于所教的功课似乎也并无何等的自信与理论，只是今日球类，明日棍棒，轮番着变换花样，想以趣味来维系人心，可是学生老不去睬他。

蔑视体操科，看不起体操教师，是那时的习惯。这习惯在我竟一直延长下去。我敢自己报告，我在以后近十年的学生生活中，不曾用心做过一次的体操，也不曾对于某一位体操教师抱过尊敬之念。换一句话说，我在学生时代不信“一二三四”等类的动作和习惯会有益于自己后来的健康。我只觉得“一二三四”等类的动作枯燥无味。

朋友之中，有每日早晨在床上做二十分钟操的，有每日临睡操八段锦的，据说持久做会有效果，劝我也试试。他们的身体确比我好得多，我也已经从种种体验上知道运动的要义不在趣味而在继续持久，养成习惯。可是因为一向对于上面这些厌憎，终于立不住自己的决心，起不成头，一任身体一日不如一日。

我们所过的是都市的工商生活，房子是鸽笼，业务头绪纷烦，走路得刻刻留心，应酬上饮食容易过度，感官日夜不绝地受到刺激，睡眠是长年不足的，事业上的忧虑，生活上的烦闷，是没有一刻忘怀的。这样的生活当然会使人早老早死。除了捏锄头的农夫以外，却无法不营这样的生活，这是事实。积极的自救法，唯有补充体力，及早预备好了身体来。

“如果我在学生时代不那样蔑视体操科，对于体操教师不那样看他们不起，多少听受他们的教诲，也许……”我每当顾念自己的身体现状时，常这样暗暗叹息。

刊《中学生》第五十八号
（1935 年 10 月）

送殡的归途

“唉！老王真死得可悲。——现在让他好好地独自困在会馆里吧。连日你我为了他的病，真累够了，该去散散才是。哙，一道到什么地方去看电影好吗？”

“…………”

“怎么？”

“没有什么。我想起陶渊明的诗了。‘向来相送人，各自还其家。亲戚或余悲，他人亦已歌。’才送朋友的丧回来，就去看电影吗？”

“那么依你说，我们应该留在棺材旁边流泪陪他，或者更进一步，生起和他同样的病来跟他死掉！”

“这是笑话了。老王有知，也决不愿我们如此的。你看老王的夫人，这几天虽然哭得很厉害，再过几天一定不会再哭了。何况我们是他的朋友。”

“人到了死的时候，父母妻儿朋友原都是无法帮助的。”

“岂但死的时候呢，活着的时候，旁人能帮助的也只是极浅薄极表面的一部分。真正担当着这一切的，还不是这孤零零的自己！人本来是一个个的东西。想到这里，我觉得人生是寂寞的。”

“你这寂寞和普通所谓寂寞不同，颇有些宗教气了哩。”

“呃，这是一种无可奈何的寂寞。宗教的起因，也许就为了人类有这种寂寞的缘故。我现在尚不信宗教，我只想把这寂寞来当作自爱自奋的出发点。反正人是要靠自己的，乐得独来独往地干一生。”

“好悲壮的气概！”

“…………”

刊《二十四年文艺日记》

（1935年1月）

阮玲玉的死

电影女伶阮玲玉的死，叫大众非常轰动。这一星期以来，报纸上连续用大幅记载着她的事，街谈巷语都以她为话题。据说跑到殡仪馆去瞻观遗体的有几万人，其中有些人是特从远地赶来的，出殡的时候沿途有几万人看。甚至还有两个女子因她的死而自杀。轰动的范围之广为从来所未有。她死后的荣哀，老实说超过任何阔人，任何名流。至于那些死后要大发讣闻号召吊客，出殡时要靠许多叫化子来绷场面的大丧事，更谈不上了。

一个电影女伶的死竟会如此轰动大众，这原因说起来原不简单。第一，她是自杀的，自杀比生病死自然更易动人；第二，她的死是为了恋爱的纠纷，桃色事件照例是容易引起大众的注意的；第三，她是一个电影伶人，大众虽和她无往来，但在银幕上对她有相当的认识，抱有相当的好感。这三种原因合在一起，遂使她的死如此轰动大众。

如果把这三种原因分析比较起来，我以为第三个原因是主要的，第一、第二并不是主要的原因。现今社会上自杀的人差不多日日都有，桃色事件更不计其数，因桃色事件而自杀的男女也不知有多少，何以不曾如此轰动大众呢？阮玲玉的死所以如此使大众轰动，主要原因就在大众对她有认识，有好感，换句话说，她十年来体会大众的心理，在某种程度上是曾能满足大众要求的。同是电影女伶，同是自杀的，一年以前有过的一个艾霞，社会人士虽也曾为之惋惜，却没有如此轰动，那是因她上银幕未久，作品不多，功力尚未能深入人心的缘故。

不论音乐绘画文章或是什么，凡是真正的艺术，照理都该以大众为对象，努力和大众发生交涉的。艺术家的任务就在用了他的天分体会大众的心情，用了他的技巧满足大众的要求。好的艺术家必和大众接近，同时为大众所认识，所爱戴。普式庚出殡时啜泣而送的有几万人；陀思妥夫斯基的死，许多人为之号哭；农民画家米莱的行事和作品，到今还在多数人心里活着不死。他们一向不忘记大众，一切作为都把大众放在心目中，所以大众也不忘记他们，把他们放在心目中。这情形原不但艺术上如此，政治上、道德上、事业上、学问上都一样。凡是心目中没有大众的，任凭他议论怎样巧，地位怎样高，声势怎样盛，大众也不会把他放在心目中。

现在单就艺术来说，在各种艺术之中，最易有和大众接触的机会的要算戏剧和文学。戏剧天然有许多观众，文学靠了印刷的传布，随时随地可得到读者。

同是戏剧，电影比一向的京剧、昆剧接近大众得多。这只要看京剧、昆剧已观客渐少而电影院到处林立的现象，就可知道。在今日，旧剧的名伶——假定是梅兰芳氏吧，有一天如果死了，死因无论怎样，轰动大众的程度决不及这次的阮玲玉，这是可预言的。电影伶人卓别林将来死时，必将大大地有一番轰动，这也是可预言的。因为电影在性质上比歌剧接近于大众，它的艺术材料及演出方法，在为大众接受上有着种种旧剧所没有的便利。阮玲玉的表演技术原不能说已了不得，已好到了绝顶，她在电影上的功力和从来名伶在旧剧上的功力，两相比较起来也许不及。她的所以能因了相当的成就，收得较大的效果，可以说因为她是电影伶人的缘故。如果她以同样的功力投身在旧剧中，也许只是一个平常的女伶而已。这完全是艺术材料和方法进步不进步的关系。

同样的情形也可应用到文学上。文学是用文字做的艺术，它和大众接近本来就没有电影那么容易。电影只要有眼睛的就能看，文学却须以识得懂得文字为条件。文学对于文盲，其无交涉等于电影对于瞎子。国内瞎子不多，文盲却自古以来占着大多数，到现在还是占着大多数。文学在中国根本是和大众绝缘的东西。救济的方法，一方面固然须普及教育，扫除文盲，一方面还得像旧剧改进到电影的样子，把文学的艺术材料和演出方法改进，使容易和大众接近。世间各种新文学运动，用意不外乎此。新文学运动离成功尚远，并且还有各种各样的阻力在加以障碍，例如到现在还居然有人主张作古文读经。中国自古有过许多杰出的文人，现在也有不少好的文人，可是大众之中认识他们、爱戴他们的人有多少呢？长此下去，中国文人心目中没有大众的不必说了，即使心目中想有大众，也无法有大众吧。中国文人死的时候像阮玲玉似的能使大众轰动的，过去固然不曾有过，最近的将来也决不会有吧，这是可使我们做文人的愧杀的。

刊《太白》第二卷第二期

（1935 年 4 月）

春的欢悦与感伤

四季之中，向推“春秋多佳日”，而春尤为人所礼赞。自古就有许多颂扬春的话，春未到先要迎盼，春一去不免依恋。春继冬而至，使人从严寒转入温暖，且为万物萌动的季节。在原始时代，人类的活动与食物都从春开始获得，男女配偶也都在春完成。就自然状态说，春确是值得欢迎的。

可是自然与人事并不一定调和，自古文辞中于“惜春”“迎春”等类题材以外，还有“伤春”“春怨”等类的题目。“闺中少妇不知愁，春日凝妆上翠楼。忽见陌头杨柳色，悔教夫婿觅封侯。”这是唐人王昌龄的诗。“三分春色二分愁，更一分风雨。”这是宋人叶清臣的词。都是写春的感伤的。其感伤的原因，全在人事之不如意。社会愈复杂，人事上的不如意愈多，结果对于季节的欢悦的事情减少，感伤的事情加多。这情形正像贫家小孩盼新年快到，而做父母的因债务关系想到过年就害怕。

我每年也曾无意识地以传统的情怀，从冬天盼望春光早些来到。可是真从春天得到春的欢悦的，有生以来，除未经世故的儿时外，可以说并没有几次。譬如说吧，此刻正是三月十三日的夜半，真是所谓春宵了，我却不曾感到春宵的欢喜，一家之中轮番地患着春季特有的流行性感冒，我在灯下执笔写字，差不多每隔一二分钟要听到妻女们的呻吟和干咳一次。邻家收音机和麻雀牌的喧扰声阵阵地刺入我的耳朵，尤使我头痛。至于日来受到的事务上经济上的烦闷，且不去说它。

都市中没有“燕子”，也没有“垂杨”。局促在都市中的人，是难得见到春日的景物的。前几天吃到油菜心和马兰头的时候，我不禁起了怀乡之念，想起故乡的春日的光景来。我所想的只是故乡的自然界，园中菜花已发黄金色了吧，燕子已回来了吧，窗前的老梅已结子如豆了吧，杜鹃已红遍了屋后的山上了吧……只想着这些，怕去想到人事。因为乡村的凋敝我是知道的，故乡人们的困苦情形我知道得更详细。

唐人张演《社日村居》诗云：“鹅湖山下稻粱肥，豚阱鸡栖对掩扉。桑柘影斜春社散，家家扶得醉人归。”这首诗中所写的只是乡村春景的一角，原没有什么大了不得，可是和现在的乡间情形比较起来，已好像是羲皇以前的事了。

春到人间，据日历上所记已好久了，但是春在哪里呢？有人说“在杨柳梢头”，又有人说“在油菜花间”，也许是的吧，至于我们一般人的身上，是不大有人能找得到的。

刊《中学生》第四十四号

（1934 年 4 月）

原始的媒妁

媒妁者叫作“月老”，这典故据说出于《续幽异录》所载唐韦因的故事。据那故事：月下老人执掌人间婚姻簿册，对于未来有夫妻缘分的男女，暗中给他们用红丝系在脚上。月下老人就是司男女婚姻的神。

古今笔记中常见有“跳月”的记载，说某些民族每年择期作“跳月”之会，聚未婚男女在月下跳舞，彼此相悦，即为配偶。陆次云有一篇《跳月记》，述苗人跳月的情形非常详尽。

把上面两段话联结了看来，月亮与男女的结合似乎很有关系。男女的结合发生于夜，婚姻的“婚”字原作“昏”，就是夜的意思。说虽如此，黑夜究有种种不便，在照明装置还非常幼稚或竟缺如的原始社会，月亮就成了婚姻的媒介者。中国月下老人的传说也许是唐以后就有的，无非是把月亮加以拟人化罢了。月下老人其实就是月亮的本身。

在我们现代，“跳月”的风习原已没有了，可是痕迹还存在。

日本有所谓“盆踊”（bonadori）者，至今尚盛行于各地。“盆”即“盂兰盆”之略语，为民间祭名之一，日期在旧历七月十五。日本每至七月十五前后，各地举行盆祭，男女饮酒跳舞为乐，较我国之兰盆会热狂得多，因此常发生攸关风化的事件。中国各乡间迎神赛会，日期亦常在月圆的望日，吾乡（浙东上虞）的会节差不多都在旧历月半，如“正月半”“三月半”“六月半”“八月半”“九月半”“十月半”之类。届时家长迎亲接眷，男女都盛装了空巷而往。观于从来有“好男不看灯，好女不游春”之诫，足以证明这是“跳月”的变形了。吾乡最盛的会是“三月半”，无妻的男子向有“看过三月半，心里宽一半”的谣谚。意思是说：会场上有女如云，不怕讨不着老婆。

月亮对于男女的关系似并不偶然，莫泊桑有一篇描写性欲的短篇，就叫《月光》。由此类推去看，古来名句“月上柳梢头，人约黄昏后”是具着有机的技巧的，那都会中作为男女情场的跳舞厅与影剧院中的电灯光，其朦胧宛如月夜，也是合乎性心理的了。

刊《中学生》第三十七号

（1933 年 9 月）

白马湖之冬

在我过去四十余年的生涯中，冬的情味尝得最深刻的，要算十年前初移居白马湖的时候了。十年以来，白马湖已成了一个小村落，当我移居的时候，还是一片荒野。春晖中学的新建筑巍然矗立于湖的那一面，湖的这一面的山脚下是小小的几间新平屋，住着我和刘君心如两家。此外两三里内没有人烟。一家人于阴历十一月下旬从热闹的杭州移居这荒凉的山野，宛如投身于极带中。

那里的风，差不多日日有的，呼呼作响，好像虎吼。屋宇虽系新建，构造却极粗率，风从门窗隙缝中来，分外尖削，把门缝窗隙厚厚地用纸糊了，椽缝中却仍有透入。风刮得厉害的时候，天未夜就把大门关上，全家吃毕夜饭即睡入被窝里，静听寒风的怒号，湖水的澎湃。靠山的小后轩，算是我的书斋，在全屋子中风最少的一间，我常把头上的罗宋帽拉得低低的，在洋灯下工作至夜深。松涛如吼，霜月当窗，饥鼠吱吱在承尘上奔窜。我于这种时候深感到萧瑟的诗趣，常独自拨划着炉灰，不肯就睡，把自己拟诸山水画中的人物，作种种幽邈的遐想。

现在白马湖到处都是树木了，当时尚一株树木都未种。月亮与太阳都是整个儿的，从上山起直要照到下山为止。太阳好的时候，只要不刮风，那真和暖得不像冬天。一家人都坐在庭间曝日，甚至于吃午饭也在屋外，像夏天的晚饭一样。日光晒到哪里，就把椅凳移到哪里，忽然寒风来了，只好逃难似的各自带了椅凳逃入室中，急急把门关上。在平常的日子，风来大概在下午快要傍晚的时候，半夜即息。至于大风寒，那是整日夜狂吼，要二三日才止的。最严寒的几天，泥地看去惨白如水门汀，山色冻得发紫而黯，湖波泛深蓝色。

下雪原是我所不憎厌的，下雪的日子，室内分外明亮，晚上差不多不用燃灯。远山积雪足供半个月的观看，举头即可从窗中望见。可是究竟是南方，每冬下雪不过一二次。我在那里所日常领略的冬的情味，几乎都从风来。白马湖的所以多风，可以说有着地理上的原因。那里环湖都是山，而北首却有一个半里阔的空隙，好似故意张了袋口欢迎风来的样子。白马湖的山水和普通的风景地相差不远，唯有风却与别的地方不同。风的多和大，凡是到过那里的人都知道的。风在冬季的感觉中，自古占着重要的因素，而白马湖的风尤其特别。

现在，一家僦居上海多日了，偶然于夜深人静时听到风声，大家就要提起白马湖来，说“白马湖不知今夜又刮得怎样厉害哩！”

刊《中学生》第四十号

（1933 年 12 月）

良乡栗子

“请，趁热。”

“啊！日子过得真快！又到了吃良乡栗子的时候了。”

“像我们这种住弄堂房子的人，差不多是不觉得季候的。春、夏、秋、冬，都不知不觉地让它来，不知不觉地让它过去。前几天在街上买着苹果柿子、良乡栗子，才觉到已到深秋了。”

“向来有‘良乡栗子,难过日子’的俗语,每年良乡栗子上市,寒风就跟着来了。良乡栗子对于穷人，着实是一个威胁哩。”

“今年是大荒年，更难过日子吧。咿哟，这几个年头儿，穷人老是难过日子,不管良乡栗子不良乡栗子。‘半山梅子’的时候,何曾好过日子？‘奉化桃子’的时候，也何曾好过日子？”

“对了，那原是几十年前的老话罢咧。世界变得真快，良乡栗子，也和从前不同了。”

“有什么不同？”

“从前的良乡栗子是草纸包的，现在改用这样牛皮纸做的袋子了，上面还印得有字。栗子摊招徕买主，向来是一块红纸上写金字的挂牌，后来加用留声机，新近留声机已不大看见，都改为无线电收音机了。几乎每个栗子摊都有一台收音机。”

“这不是进步吗？”

“进步呢原是进步，可惜总是替外国人销货色。从前的草纸红纸，不消说是中国货，现在的牛皮纸、收音机，是外国货。良乡栗子已着洋装了！你想，我们今天吃两毛钱的良乡栗子，要给外国赚几个钱去？外国人对于良乡栗子一项，每年可销多少牛皮纸？多少收音机？还有印刷纸袋用的油墨和机器？……”

“这是一段很好的提倡国货演说啊！去年是国货年，今年是妇女国货年，明年大概是小孩国货年了吧。有机会时你去上台演说倒好！”

“可惜没人要我去演说。演说了其实也没有用。中国的军备、交通、卫生、文化、教育、工艺，哪一件不是直接间接替外国人推销货色的玩意儿？”

“唉！——还是吃良乡栗子吧。——这是‘良乡栗子大王’，你看，纸袋上就印着这几个字。”

“这也是和从前不同的一点，从前是叫‘良乡名栗’‘良乡奎栗’的，现改称‘大王’了。外国有的是‘钢铁大王’‘煤油大王’‘汽车大王’，我们中国有的是‘瓜子大王’‘花生米大王’‘栗子大王’，再过几天，‘湖蟹大王’又要来了。什么都是‘大王’，好多的‘大王’呵！”

“还有哩！‘鸦片大王’‘麻将大王’‘牛皮大王’……”

“现在不但大王多，皇后也多。什么‘东宫皇后’咧，‘西宫皇后’咧，名目很多；至于‘电影皇后’‘跳舞皇后’，更不计其数。”

“这是很自然的，自古说‘一阴一阳之为道’，有这许多‘大王’，当然要有这许多‘皇后’才相称。否则还成世界吗？”

“哈哈！”

刊《中学生》第四十八号
（1934 年 10 月）

整理好了的箱子

他傍晚从办事的地方回家，见马路上逃难的情形较前几日更厉害了。满载着铺盖箱子的黄包车、汽车、搬场车，衔头接尾地齐向租界方向跑。人行道上一群一群地立着看的人，有的在交头接耳谈着什么，神情慌张得很。

他自己的里门口，也有许多人在忙乱地进出，里面还停放着好几辆搬场车子。

她已在房内整理好了箱子。

“看来非搬不可了，里面的人家差不多快要搬空。本来留剩的已没几家，今天上午搬的有十三号、十六号，下午搬的有三号、十九号，方才又有两部车子开进里面来，不知道又是哪几家要搬。你看我们怎样？”

“搬到哪里去呢？听说黄包车要一块钱一部，汽车要隔夜预定，旅馆又家家客满。倒不如依我的话，听其自然吧。我不相信真个会打仗。”

“半点钟前王先生特来关照，说他本来也和你一样，不预备搬的，昨天已搬到法租界去了。他有一个亲戚在南京做官，据说这次真要打仗了。他又说，闸北一带今天晚上十二点钟就要开火，叫我们把箱子先搬出几只，人等炮声响了再说。”

“所以你在整理箱子？我和你没有什么好衣服，这几只箱子值得多少钱呢？”

“你又来了，‘一二八’那回也是你不肯先搬，后来光身逃出，弄得替换衫裤都没有，件件要重做，到现在还没添配舒齐。难道又要……”

“如果中国政府真个会和人家打仗，我们什么都该牺牲，区区不值钱的几只箱子算什么？恐怕都是些谣言吧。”

“…………”

几只整理好了的箱子胡乱地叠在屋角。她悄然对了这几只箱子看。

搬场汽车啵啵地接连开出以后，弄里面赖以打破黄昏的寂寞的只是晚报的叫卖声。晚报用了枣子样的大字列着“×××不日飞京，共赴国难，精诚团结有望”“五全大会开会”等等的标题。

“我的话不错吧，终究是谣言。哪里会打什么仗！”

“我们幸而不搬。隔壁张家这次搬场，听说花了两三百块钱呢。还有宝山路李家，听说一家在旅馆里困地板，连吃连住要十多块钱一天的开销，家里昨天晚上还着了贼偷。李太太今天到这里，说起来要下泪。都是造谣言的害人。”

“总之，中国人难做是真的。——这几只箱子不知道要到什么时候才有牺牲的机会呢？”

几只整理好了的箱子胡乱地叠在屋角。他悄然地对了这几只箱子看。

打破里内黄昏的寂寞的仍旧还只有晚报的叫卖声。晚报上用枣子样的大字列着的标题是：“日兵云集榆关”。

刊《中学生》第六十号

（1935年12月）

致文学青年

× × 君：

承你认我为朋友，屡次以所写的诗与小说见示，这回又以终身职业的方向和我商量。我虽爱好文学，但自惭于文学毫无研究，对于你屡次寄来的写作，除于业务余暇披读，遇有意见时复你数行外，并不曾有什么贡献你过。你有时有信来，我也不能一一作复。可是这次却似乎非复你不可了。

你来书说："此次暑假在 × × 中学毕业后，拟不升学，专心研究文学，靠文学生活。"壮哉此志，但我以为你的预定的方针大有需商量的地方。如果许我老实不客气地说，这是一种青年的空想，是所谓"一厢情愿"的事。你怀抱着如此壮志，对于我这话也许会感到头上浇冷水似的不快吧。但你既认我为朋友，把终身方向和我商量，我不能违了自己的良心，把要说的话藏匿起来，别用恭维的口吻来向你敷衍讨好一时。

你爱好文学，有志写作，这是好的。你的趣味，至少比一般纨绔子弟的学漂亮、打牌、抽烟、嫖妓等等的趣味要好得多，文学实不曾害了你。你说高中毕业后拟不再升大学，只要你毕业后肯降身去就别的职业，而又有职业可就，我也赞成。现在的大学教育本身空虚得很，学费、膳费、书籍费、恋爱费（这是我近来新从某大学生口中听到的名词）等等，耗费很大。不升大学也就罢了，人这东西本来不必一定要手执大学文凭的。爱好文学，有志写作，不升大学，我都觉得没有什么不可，唯对于你的想靠文学生活的方针，却大大地不以为然。

靠文学生活，换句话说，就是卖字吃饭（从来曾有人靠书法吃饭的叫“卖大字”,现在卖文为活的人可以说是“卖小字”的）。卖字吃饭的职业（除抄胥外）古来未曾有过。因文字上有与众不同的伎俩，因而得官或被任为幕府或清客之类的事例，原很多很多，但直接靠文学过活的职业家，在从前却难找出例子来。杜甫李白不曾直接卖过诗。左思作赋，洛阳纸贵，当时洛阳的纸店老板也许得了好处，左思自己是半文不曾到手的。至于近代，似乎有靠文学吃饭的人了。可是按之实际,这样职业者极少极少，且最初都别有职业，生活资料都靠职业维持，文学生活只是副业之一而已。这种人一壁从事职业，或在学校教书，或入书店报馆为编辑人，一壁则钻研文学，翻译或写作。他们时常发表，等到在文学方面因了稿费或版税可以维持生活了，这才辞去职业，来专门从事文学。举例说吧，鲁迅氏最初教书，后来一壁教书一壁在教育部做事，数年前才脱去其他职务。他的创作大半在教书与做事时成就的。周作人氏至今还在教书。再说外国，俄国高尔基经过各种劳苦的生涯，他做过制图所的徒弟，做过船上的仆欧，做过肩贩者，挑夫。柴霍甫做过多年的医生，易卜生做过七年的药铺伙计，威尔斯以前是新闻记者。从青年就以文学家自命，想挂起卖字招牌来维持生活的人，文学史中差不多找不出一个。

你爱好文学，我不反对。你想依文学为生活，在将来也许可能，你不妨以此为理想。至于现在就想不做别事，挂了卖字招牌，自认为职业的文人，我觉得很是危险。卖文是一种“商行为”，在这行为之下，文字就成了一种商品，文字既是商品，当然也有牌子新老、货色优劣之别，也有市面景气与不景气之分。并且，文学的商品与别的商品性质又有不同，文字的成色原也有相当测度的标准，可是究不若其他商品的正确。文字的销路的好坏，多少还要看合否世人的口胃。如果有人和你订约，叫你写什么种类的东西，或翻译什么书，那是所谓定货，且不去管他。至于你自己写成的东西，小说也好，诗也好，剧本也好，并非就能换得生活资料的。想依此为活，实在是靠不住的事。

你的写作，我已见过不少，就文字论原是很有希望的。但我不敢断定你将来一定能靠文学来生活，至少不敢保障你在中学毕业后就能靠卖字吃饭养家。最好的方法是暂时不要以文学专门者自居，别谋职业，一壁继续钻研文学，有所写作，则于自娱以外，不妨试行投稿。要把文学当作终身的事业，切勿轻率地以文学为终身的职业。

鄙见如此，不知你以为如何？

刊《中学生》第十五号

（1931 年 5 月）

读诗偶感

数年前，经朱佩弦君的介绍，求到了黄晦闻（节）氏的字幅。黄氏是当代的诗家，我求他写字的目的，在想请他写些旧作，不料他所写的却不是自己的诗，是黄山谷的《戏赠米元章》二首。那诗如下：

万里风帆水著天，麝煤鼠尾过年年。沧江静夜虹贯月，定是米家书画船。

我有元晖古印章，印刓不忍与诸郎。虎儿笔力能扛鼎，教字元晖继阿章。

字是写得很苍劲古朴的，把它装裱好了挂在客堂间里，无事的时候，一个人看着读着玩。字看看倒有味，诗句读读却感到无意味，不久就厌倦了，把它收藏起来，换上别的画幅。

近来，听说黄氏逝世了，偶然念及，再把那张字幅拿出来挂上，重新看着读着玩。黄氏的字仍是有味的，而山谷的诗句仍感到无意味。于是我就去追求这诗对我无意味的原因。第一步，把平日读过的诗来背诵，发现我所记得的诗里面，有许多也是对我意味很少或竟是无意味的；再去把唐宋人的集子来随便翻，觉得对我无意味的东西竟着实不少。

文艺作品的有意味与无意味，理由当然不很简单，说法也许可以各人不同吧。我现在所觉到的只是一点，就是对我的生活可以发生交涉的，有意味，否则就无意味。让我随便举出一首认为有意味的诗来，如李白的《静夜思》：

床前明月光，疑是地上霜。举头望明月，低头思故乡。

这首诗从小就记熟，觉得有意味，至今年纪大了，仍觉得有意味。第一，这里面没有用着一定的人名，任何人都可以做这首诗的主人公。“疑”，谁“疑”呢？你疑也好，我疑也好，他疑也好。“举头”“望”“低头”“思”，这些动作，任凭张三李四来做都可以。诗句虽是千年以前的李白作的，至今任何人在类似的情景之下，都可以当作自己的创作来念。心中所感到的滋味，和作者李白当时所感到的可以差不多。第二，这里面用着不说煞的含蓄说法，只说“思故乡”，不加“恋念”“悲哀”等等的限定语。为父母而思故乡也好，为恋人而思故乡也好，为战乱而思故乡也好，什么都可以。犹之数学公式中的X，任凭你代入什么数字去都可适用。如果前人的文学作品可以当遗产的话，这类的作品的确可以叫作遗产的了。

再回头来读山谷的那两首诗：第一首是写米元章的船中书画生活的。米元章工书画，当时做着名叫“发运司”的官，长期在江淮间船上过活，船里带着许多书画，自称“米家书画船”。第二首是说要将自己所郑重珍藏的晋人谢元晖的印章赠予米元章的儿子虎儿（名友仁），说虎儿笔力好，可取字“元晖”，使用这印章，继承父业。这两首诗在山谷自己不消说是有意味的，因为发挥着对友人的情感。在米元章父子也当然有意味，因为这诗为他们而作。但是对千年以后的我们发生什么交涉呢？我们不住在船中，又不会书画，也没有古印章，也没有“笔力能扛鼎”的儿子，所以读来读去，除了记得一件文人的故事和诗的平仄音节以外，毫不觉得有什么了。如果用遗产来作譬喻，李白《静夜思》是一张不记名的支票，谁拿到了都可支取使用，籴米买菜；山谷的《戏赠米元章二首》是一张记名的划线支票，非凭记着的那人不能支取，而这记着的那人却早已死去了。于是这张支票捏在我们手里，只好眼睛对它看看而已。

山谷的集子里当然也有对我们有意味的诗，李白的集子里也有对我们无意味的诗，上面所说的，只是我个人现在的选择见解。依据这见解把从来汗牛充栋的诗集文集词集来检验估价，被淘汰的东西将不知有若干；以前各种各样的选本，也不知该怎样翻案才好。这对于古人也许是一种忤逆，但为大众计，是应该的。我们对于前人留下来的文艺作品，要主张有读的权利，同时要主张有不读的自由。

刊《中学生》第五十五号

（1935 年 5 月）

回顾和希望

一九二三年快过完了。这一年中，世界的大事，我们所记得起的有空前的日本大地震，有法国人占领德意志土地，有墨西哥革命；在中国，有临城大劫案，有黎元洪退位，曹锟登基，“宪法”公布，有大同教谣言，有数年来连续着的在各省的南北战争，最近还有苏浙风云。我们虽不信“今年是阴历癸亥，照例是个不祥之年”的话，但也不能不说今年是多事之年了！

在这多事的一年中，我国教育界的经过如何？有什么值得我们回顾与记忆的大事？教育原是不能绝对地超然独立与周围毫无关系的东西，国内大势既糟到如此，这一年来，教育界的没有好印象给我们，也许是当然的事。但平心而论，教育界究处着比较地先觉的位置，有着比较地独立的可能的，教育的良不良，如果一味要委责于周围的情形如何，未免太自恕了！我们试以此见地为立脚点，把这一年来的教育界的情形来一瞥吧！

固然，“不如意事常八九”，教育界方面偶然有一二出于意表的事，原不好就算特别；只是在这被认为不祥的一年中所留给我们的可痛可羞的事，在质的方面已经特别，而在量的方面也不为少。

最足使人感着苦痛而惊为破天荒的怪事的，要算三月中浙江一师所发生的毒案了；同时受祸的二百数十人，其中十分之一不免于死亡。这件事情虽已经过第一次的法庭判决，但实在带有几分滑稽，不能将真相完全宣示，使人得到完全的了解。不知道其中究有着什么说不出的黑幕！

在这件事过去许久以后，所留给人们的悲惨的印象渐渐地淡漠下去，大家都安于运命中，以为意外的破坏当不至再光顾可怜的教育界了；孰知东南大学的火灾，又在今年将终的历史上添了一件可悼的事！不幸呵！教育界！

自然，这类的事大部分可以说是属于天灾，但人事方面的可叹的事也正不少。

文化中心的国立大学校长蔡孑民氏，却于盛倡好政府主义以后不久而转倡不合作主义，依然只有“背着手”。从此北京的教育界又成和政治界对立的状态，而国民优秀分子的学生的血竟溅在国民代表聚会的议院门前。结果，除牺牲了无数青年的无数光阴以外，一无所得。不合作的终于不合作，无人格的也依然无，这总算得可怜而可羞吧！

大事小事都看一看，中国近世教育史中，到了这一年真是丑相百出了！公立学校方面，每换一个校长总有一篇照例文章：旧的抗不交代，新的由抗争而妥协；出钱私和的也有，亏款潜逃的也有。官厅漠不追究，社会也视若无睹。至于私立学校方面，“当仁不让”卷款出奔的，挂大学招牌诈财的，登广告骗邮票的……虽不是罄竹难书，却也指不胜屈。教育界底人格呵！

学生为不足重轻的事而争打，赶校长，次数虽未必比往年少，这还不是今年开的新纪元。而捣猪窝的运动，倒是政治史和教育史的大好材料。

“太太生日丫头磕头，丫头生日丫头磕头”，总是丫头晦气。千不是万不是，教育的一切罪恶都归到学生身上。新文化运动的教育家们抱着这样的成见，由他们所承受的数千年的中国人的复古思想，就发出了许多复古的主张。教育界的前途在这一年中很显开倒车的倾向了。

其实这页丑史的功劳，学生实在不配享受大勋位的荣典。利用学生的是谁？纯粹教育者所集合的教育会，有哪一个不是因选会长而闹得乌烟瘴气？而我们浙江对于本年的教育联合会，不是因为路途遥远没有人愿吃劳苦，居然官僚式地就近派代表参与吗？这就是教育者的精神了！至于教育行政最高机构的拍卖，也是中外空前的创闻！用这种精神所演成的事实，怎能不在历史上留些可羞的痕迹呢？

除了这种的记载以外，可以引起我们注意的就是些根柢不固杂乱开着不会结果的花了。或者相形之下可以算得不拙吧！

最值得注目的就是看似矛盾而实都有提倡必要的两件事，在教育界里出现了：一是科学教育的输入，一是国学整理的鼓动。

从表面看来似乎前一件由推士博士率领了许多人，藉着公私机关之力，在各地竭力鼓吹宣传了一年，应该有较大的影响，但是它的结果，除了几种测验之外，可说是在教育界里分毫不生效力。或许是科学的种子本来非五年十年不发芽的，现在是已在教育地界里暗暗地下了种子，我们不易看出吧。但在国学整理的方面，自梁启超等鼓动了之后，他的影响到教育界的势力实在不少，我们只要把这一年来的出版物检一检就能明白。我想这两者全是和我们国民脾胃合不合而起的分别。而教育界复古的倾向，从此也表现得更明了。“中学为体、西学为用”的时代或者又要以今年为关键而再现了吧！

前一两年在中国教育界里流行极一时之盛的是设计教学法，今年又把从美国输入的道尔顿制起来代替了。我不敢说道尔顿制本身的价值不及设计教学法，或是在中国的现在的情境下面，前者不如后者的适宜，我却敢断言，一年来道尔顿制的结果总不如设计教学法的大。这也和我们国民的脾胃是大有关系的。数千年来，中国教育的精神本是有许多地方和道尔顿制相合。从旧有教育的精神所培植成功的寄生虫，仍旧满布在国民的脾胃里，现在又遇到同样的饮食料进出，这些寄生虫当然马上要活动起来。这是道尔顿制前途的大障碍，也就是眼前施行道尔顿制者所实感的困难。

还有，大学的勃兴也是近来可注目的一件事。把 Univisity 译作大，已是不成译了。再在这个不大的 Univisity 前面加了什么师范、什么艺术，这竟成什么话呢？然而这也确是一年来中国几个大教育家大出风头的大运动。

由学制会议在空中放了几响无边际的大炮，确实在教育界里开了不少的方便之门。最作怪的要算混合教授了，由专以营利为目的的几家书坊急切杂乱地编译了许多混而不合的教科书，强学生硬食料理不调、烹煮未熟的东西，怎叫他不生胃病呢?

综计这一年来的教育界，所可勉强称为好的事情，都还是未成形的一点萌芽，算不得什么具象的东西。或者竟只是一种从别家病人那里抄录来的一张药方，不但没有药，即使有了药，合乎所患的病与否也无把握。而所谓坏的处所，却都是赃证确凿，无论你怎样辩解也无法回护的事实。这不能不说是教育界的耻辱了！

这耻辱何时能雪？就现在情形看来，原没什么把握可说。因为二十年来教育状况都没曾使我们满意过。转瞬就是新年，我们姑且循了例来对于教育界提几种希望吧：

一、中国教育的所以不良，是否原于学制，姑不具论。既大吹大擂地改了学制了，希望速将课程审定，学校与学校间衔接规定，新的赶快设立，旧的赶快废除。像现状新旧并存，实令人茫无适从。须知光是三三制二四制等类的空名词，是无济于事的。因为没有药的药方，有了也没有用。

二、希望对于各种教育思潮方案等有确实的信念和实际的试验。杜威来就流行“教育即生活”，孟禄来就流行“学制改革”，推士来就流行“科学教育”，罗素来就自负“国学”和什么。忽而“设计教学”，忽而“道尔顿制”等类的走马灯式的转变，总是猴子种树难望成荫的。

三、日本式的教育固然不好，但须知美国式的教育也未必尽合于中国。参考或者可以，依样葫芦似的盲从却可不必。赶快考案出合于中国的方案和制度来才是！但把“手工”改为什么“工用艺术”，把国语英文并称“言文科”，是算不了什么大发明的。

四、希望教育者自爱，对于学校风潮有真实的反省，像现在的状况，学潮是难免的。不，如果在现状之下学生不起风潮，反是奇怪的事了。愤激点说，我以为中国教育的生机的有无，全视学生能做有意义的廓清运动——所谓“风潮”与否？学生真能有识别力，真能闹“风潮”，中国教育或者还有希望！可惜现在一般的所谓“学生风潮”，或是被人利用为人捧场，或是事理不清一味胡闹，程度还幼稚得很！

五、希望教育者凡事切实，表里一致。离了以办教育为某种事业的手段的恶劣观念，赤裸裸地照了自己的信念做去。教育在某种意味上可以说是英雄的事业，真挚就是英雄的特色。

教育界诸君啊！我为闷气所驱，已把要说的话毫不客气地说了。说错的地方，伏求指正，对不起的地方，伏求原谅。我不幸，也是教育界中的一人，从今以后大家努力吧。再过几日就是一九二四年元旦，恭贺新禧！

原题《一年间教育界的回顾和将来的希望》

刊《春晖》第二十二期

（1924 年 1 月 1 日）

《爱的教育》译者序言

这书给我以卢梭《爱弥尔》、裴斯泰洛齐《醉人之妻》以上的感动。我在四年前始得此书的日译本，记得曾流了泪三日夜读毕，就是后来在翻译或随便阅读时，还深深地感到刺激，不觉眼睛润湿。这不是悲哀的眼泪，乃是惭愧和感激的眼泪。除了人的资格以外，我在家中早已是二子二女的父亲，在教育界是执过十余年的教鞭的教师。平日为人为父为师的态度，读了这书好像丑女见了美人，自己难堪起来，不觉惭愧了流泪。书中叙述亲子之爱，师生之情，朋友之谊，乡国之感，社会之同情，都已近于理想的世界，虽是幻影，使人读了觉到理想世界的情味，以为世间要如此才好。于是不觉就感激了流泪。

这书一般被认为有名的儿童读物，但我以为不但儿童应读，实可作为普通的读物。特别地敢介绍给与儿童有直接关系的父母教师们，叫大家流些惭愧或感激之泪。

学校教育到了现在，真空虚极了。单从外形的制度上方法上，走马灯似的更变迎合，而于教育的生命的某物，从未闻有人培养顾及。好像掘池，有人说四方形好，有人又说圆形好，朝三暮四地改个不休，而于池的所以为池的要素的水，反无人注意。教育上的水是什么？就是情，就是爱。教育没有了情爱，就成了无水的池，任你四方形也罢，圆形也罢，总逃不了一个空虚。

因了这种种，早想把这书翻译。多忙的结果，延至去年夏季，正想鼓兴开译，不幸我唯一的妹因难产亡了。于是心灰意懒地就仍然延搁起来。既而，心念一转，发了为纪念亡妹而译这书的决心，这才偷闲执笔，在《东方杂志》连载。中途因忙和病，又中断了几次，等全稿告成，已在亡妹周忌后了。

这书原名《考莱》，在意大利语是“心”的意思。原书在一九零四年已三百版，各国大概都有译本，书名却不一致。我所有的是日译本和英译本，英译本虽仍作《考莱》，下又标《一个意大利小学生的日记》几字，日译本改称《爱的学校》（日译本曾见两种，一种名《真心》，忘其译者，我所有的是三浦修吾氏译，名《爱的学校》的）。如用《考莱》原名，在我国不能表出内容，《一个意大利小学生的日记》，似不及《爱的学校》来得简单。但因书中所叙述的不但学校，连社会及家庭的情形都有，所以又以己意改名《爱的教育》。这书原是描写情育的，原想用《感情教育》作书名，后来恐与法国佛罗贝尔的小说《感情教育》混同，就弃置了。

译文虽曾对照日英二种译本，勉求忠实，但以儿童读物而论，殊愧未能流利生动，很有须加以推敲的地方。可是遗憾得很，在我现在实已无此功夫和能力。此次重排为单行本时，除草草重读一过，把初刷误植处改正外，只好静待读者批评了。

《东方杂志》记者胡愈之君，对于本书的出版，曾给予不少的助力，邻人刘薰宇君，朱佩弦君，是本书最初的爱读者，每期稿成即来阅读，为尽校正之劳；封面及插画，是邻人丰子恺君的手笔。都足使我不忘。

刊开明书店版《爱的教育》

（1924 年 10 月 1 日）

黄包车礼赞

自从到上海做教书匠以来，日常生活中与我最有密切关系的要算黄包车了。我所跑的学校，一在江湾，一在真茹，原都有火车可通的。可是，到江湾的火车往往时刻不准，到真茹的火车班次既少，车辆又缺，十次有九次觅不到座位，开车又不准时，有时竟要挤在人群中直立到半小时以上才开车。在北站买车票又不容易，要会拼命地去挤才可买得到手。种种情形，使我对于火车断了念，专去交易黄包车。

每日清晨在洗马子声里掩了鼻子走出宝山里，就上黄包车到真茹。去的日子，先坐到北站，再由铁栅外换雇车子到真茹。因为只有北站铁栅外的黄包车夫知道真茹的地名。江湾的地名很普通，凡是车夫都知道，所以到江湾去较方便，只要在里门口跳上车子，就一直会被送到，不必再换车了。

从宝山里的寓所到真茹需一小时以上，到江湾需一小时光景，有时遇着已在别个乘客上出尽了力的车夫，跑不快速，时间还要多花些。总计，我每日在黄包车上的时间，至少要二小时光景，车费至少要小洋七八角。时间与经济，都占着我全生活上的不小部分。

听说吴稚晖先生是不坐黄包车的。我虽非吴稚晖先生，也向不喜欢坐黄包车，当专门坐黄包车的开始几天，颇感困难，每次要论价，遇天气不好，还要被敲竹杠，特别是闸北华界，路既不平，车子竟无一辆完整的，车夫也不及租界的壮健能跑，往往有老叟及孩子充当车夫的。无论在将坐时、正坐时、下车时，都觉得心情不好。不是因为他走得慢而动气，就是因为他走得吃力而悯怜，有时还因为他高竹杠而不平。至于因此而引起的对于社会制度的愤懑，又是次之。

可是过了一二个月以后，我对于一向所不喜欢的黄包车，已坐惯了，不但坐惯，有时还觉到特别的亲切之味了。横竖理想世界不知何日实现，汽车又是不梦想坐的，火车虽时开时不开，于我也好像无关，我只能坐黄包车。现世要没有黄包车，是不可能的梦谈。没有黄包车，我就不能妓女出局似的去上课，就不能养家小，我的生活，完全要依赖黄包车，黄包车才是我的恩人。

因为所跑的地方有一定，日日反复来回，坐车的地点也有一定，好多车夫都认识了我，虽然我不认识他们。每日清晨一到所定的地点，就有许多老交易的车夫来“先生先生”地欢迎，用不着讲价，也用不着告诉目的地，只要随便跳上车子，就会把我送到我所要到的地方，或是真茹，或是江湾。到了“照老规矩”给钱，毫无论价的麻烦，多加几个铜子，还得到“谢谢主”的快活回答。

上海的行业都是有帮的，如银钱业多宁绍帮，浴堂的当差的、理发匠多镇江帮，黄包车夫却是江北帮，他们都打江北话，有许多还留着辫子。为什么江北产生黄包车夫？不待说这是个很有深远背景的问题，可惜我从他们口头得来的材料还不多，不能为正确的研究。

近来我又发现了在车上时间的利用法，不像最初未惯时的只盼快到江湾，把长长的一小时在焦切中无谓耗去了。到江湾，到真茹所经过的都是旷野，只要车子一出市梢，就可纵览风景，特别是课毕回来，一天的劳作已完，悠然地把身体交付了黄包车，在红也似的夕阳里看那沿途的风物，好比玩赏走卷，真是一种享乐，有时还嫌车子走得太快。

在黄包车上阅书也好，我有好几本书都是在黄包车上看完的。一本四五百页的书，不到一星期，就要翻毕了。大家都知道，上海的学校，是只许教员跑，不许教员住的。不但住室没有，连休息室也或许没有，偶有空暇的一二小时，也只好糊涂地闲谈空过，不能看书。在自己的寓所里呢，又是客人来咧，邻居的小孩哭咧，大人叉麻雀咧，非到深夜实在不便于看书。这缺陷现在竟在黄包车上寻到了弥补的方法。我相信，我以后如还想用功的话，只有在黄包车上了。

我近来又在黄包车上构文章的腹案，古人关于作文有“三上”

的话，所谓三上者，记得是枕上、马上、厕上。在现在，我以为应该增加一“黄包车上”，凑成“四上”的名词。在黄包车上瞑了目就一项问题，或一种题材加以思索，因了车夫有韵律的步骤，身体受着韵律的颤动，心情觉得特别宁静，注意也很能集中于一处，很适宜作文。有一个作家，因为他的作品都是在亭子楼中伏居了做的，自怜其作品为“亭子间文学”，我此后如果不懒惰，写得文章出来，我将自夸为“黄包车文学”了。

这样在黄包车上观风景、看书、作文，也许含有享乐的意味，在态度上对于苦力的黄包车夫，是不人道的，我常有此感觉。但一想到他们也常飞奔似的拉了人家去嫖赌，也就自安了。并且，我坐在车上观风景与否，看书与否，作文与否，于他们的劳苦，毫无关系。这种情形正如邮差一样，忙不迭地递送了多少的情书，做过多少痴男怨女的实际的媒介，而他们对于自己的功绩，却毫没主张矜夸，也毫不吐说不平的。

说虽如此，但我总觉得黄包车是与我有恩的，我要有出息，才不负他们日日地拉我，虽然他们很大度，一视同仁地拉好人也拉坏蛋。

日日做我的伴侣，供给我观风景读书作文的机会的黄包车啊！我礼赞你！我感谢你！我愿努力自己，把我自己弄成一个除了给钱以外，还有别的资格值得你拉我的。

刊《秋野》创刊号

（1927 年 11 月）

《给青年的十二封信》

这十二封信是朱孟实先生从海外寄来，分期在我们同人杂志《一般》上登载过的。《一般》的目的原想以一般人为对象，从实际生活出发来介绍些学术思想。数年以来，同人都曾依了这目标分头努力。可是如今看来，最好的收获第一要算这十二封信。

这十二封信以中学程度的青年为对象，并未曾指定某一受信人的姓名，只要是中学程度的青年，就谁都是受信人，谁都应该读一读这十二封信。这十二封信实是作者远从海外送给国内青年的很好礼物。作者曾在国内担任中等教师有年。他那笃热的情感，温文的态度，丰富的学殖，无一不使和他接近的青年感服。他的赴欧洲，目的也就在谋中等教育的改进。作者实是一个终身愿与青年为友的志士。信中首称“朋友”，末署“你的朋友光潜”，在深知作者的性行的我看来，这称呼是笼有真实的情感的，决不只是通常的习用套语。

各信以青年们所正在关心或应该关心的事项为话题。作者虽随了各话题抒述其意见，统观全体，却似乎也有个一贯的出发点可寻，就是劝青年眼光要深沉，要从根本上做功夫，要顾到自己，勿随了世俗图近利。作者用了这态度谈读书，谈作文，谈社会运动，谈恋爱，谈升学选科，等等。无论在哪一封信上，字里行间都可看出这忠告来。就中如在《谈在露浮尔宫所得的一个感想》一信里，作者且郑重地自把这态度特别标出来了说："假如我的十二封信对于现代青年能发生毫末的影响，我尤其虔心默祝这封信所宣传的超效率的估定价值的标准能印入个个读者的心孔里去。因为我所知道的学生们、学者们和革命家们，都太贪容易，太浮浅粗疏，太不能深入，太不能耐苦，太类似美国旅行家看孟洛里莎了。"

"超效率"！这话在急于近利的世人看来，也许要惊为太高蹈的论调了。但一味亟亟于效率，结果就会流于浅薄粗疏，无可救药。中国人在全世界是被推为最重实用的民族的，凡事向都怀一个极近视的目标：娶妻是为了生子，养儿是为了防老，行善是为了福报，读书是为了做官，不称入基督教的为基督教信者而称为"吃基督教的"，不称投身国事的军士为军人而称他为"吃粮的"，流弊所至，在中国什么都只是吃饭的工具，什么都实用。因之，就什么都浅薄。

试就学校教育的现状看吧！坏的呢，教师目的但在地位薪水，学生目的但在文凭资格；较好的呢，教师想把学生嵌入某种预定的铸型去，学生想怎样揣摩世尚毕业后去问世谋事。在真正的教育面前，总之都免不掉浅薄粗疏。效率原是要顾的，但只顾效率究竟是蠢事。青年为国家社会的生力军，如果不从根本上培养能力，凡事近视，贪浮浅的近利，一味袭蹈时下陋习，结果纵不至于“一蟹不如一蟹”，亦只是一蟹仍如一蟹而已。国家社会还有什么希望可说。

“太贪容易，太浮浅粗疏，太不能深入，太不能耐苦”，作者对于现代青年的毛病曾这样慨乎言之，征之现状不禁同感。作者去国已好几年了，依据消息，尚能分明地记得起青年的病象，则青年的受病之重也就可知。

这十二封信啊，愿你对于现在的青年有些力量。

刊开明书店版朱光潜著《给青年的十二封信》

（1929 年 1 月 1 日）

《续爱的教育》译者序

亚米契斯的《爱的教育》译本出版以来，颇为教育界及一般人士所乐阅。读者之中，且常有人来信，叫我再多译些这一类的书。朋友孙俍工先生亦是其中的一人，他远从东京寄了这日译本来，嘱我翻译。于是我发心译了，先在《教育杂志》上逐期登载。这就是登载完毕以后的单行本。

原著者的事略，我尚未详悉，据日译者三浦关造的序文中说，是意大利的有名诗人，且是亚米契斯的畏友，一九一零年死于著此书的桑·德连寨海岸。

这书以安利柯的舅父白契为主人公，所描写的是自然教育。亚米契斯的《爱的教育》是感情教育，软教育，而这书所写的却是意志教育，硬教育。《爱的教育》中含有多量的感伤性，而这书却含有多量的兴奋性。爱读《爱的教育》的诸君，读了这书，可以得着一种的调剂。

学校教育本来不是教育的全体，古今中外，尽有幼时无力受完全的学校教育而身心能力都优越的人。我希望国内整千万无福升学的少年们能从这书获得一种慰藉，发出一种勇敢的自信来。

刊开明书店版《续爱的教育》

（1930 年 2 月）

做了父亲

《妇女杂志》的记者想约几个朋友来写些做了父亲以后的话，又因为我在朋友中年龄较大，被认为老牌的父亲，要求得格外恳切，以为一定非写不可。

真的，我是个老牌的父亲。说也惭愧，我今年四十五岁，已有孙儿，不但做了父亲，且已做了父亲的父亲了。

我因为家庭的种种关系，十七岁就结婚。第一次做父亲，是在二十岁那年。做父亲如此之早，在现在看来，自己也似乎觉得很奇怪，但在二十五年以前，却是极普通的事。我一共有过五个儿女，现存者四个，最大的二十五岁，最小的十二岁。

人常把小孩比诸天使，我却一般地不喜欢小孩，自己也不知道这是什么缘故。我不曾逗弄过小孩，非不得已，也不愿抱小孩。当妻偶然另有事须做，把怀中的小孩“哪，叫爸爸抱”地送过来，我总是摇头皱眉，表示不高兴。至于携了会走的儿女去买物看戏或探问亲友等类的事，差不多一次都不曾有过。妻常怨我冷淡，叫我“外国人”（因为我曾留学日本，早就没有辫子）。那么，说我不爱儿女吗？那也不然。这话可由反面来自己证明，当我的第三个小孩于五岁夭死的那一年，我曾长期地沉陷于颓丧的心情中，觉得如失了宝贝一样。即至今偶然念及，也仍不免要难过许多时候。

我对于儿女，一直取着听其自然的主义。“听其自然”，原不好算什么主义，只是迫于事实不得不然的一种敷衍办法。在妻初怀着长男的当时，对于未来儿女的教养，也曾在少年幼稚的心胸中像煞有介事地做过许多一知半解的计划：哺乳该怎样？玩具该怎样？复习要怎样监督？职业要怎样指导？婚姻要怎样顾问？可是一经做了父亲以后，什么都不曾办到。那情形差不多等于为政者说谎。为政者在未爬上政治的座位以前，必有一番可以令人动听的政治理想或政纲之类的，及权位到手，自食其言的不消说了，即真想实行其对民众所作的约束，也常感到事实上的困难不得已而变节的。我于做父亲以后，就感到一种幻灭。第一是因为自己须出外糊口，不能与儿女们常在一处，第二是没有财力与闲暇去对付他们。结果，儿女虽逐渐加多加长，理想却无从实现。横竖弄不好，于是只好听其自然。觉得还是听其自然，比较地可以减少些责任。校课成绩，听其自然；职业，听其自然；婚姻，也听其自然。

当我的长男在商店学满生意，自己看中了一个姑娘，亲戚某君拍着胸脯替他去做媒说合的时候，我曾郑重声明不管一切。长男的岳家不相信，以为这只是说说吧，哪里会有父亲不管儿子娶亲的道理？后来见我真不管，于是“外国人”的名声乃愈传愈远。在他们结婚的那天，我送了一百元钱的贺礼去，吃过一餐的喜酒就回来了（五十元或百元的礼，我每年总要送一二次。我于近二十年来，不送一元二元的礼，在一方面呢，遇到亲友家里有婚丧大事，而境况窘苦的时候，就设法筹一笔大钱送去作礼。省去了零星的应酬，把财力集中于一处，我觉得这是一件很合算的事）。至今儿媳们只从他们的小家庭里像亲戚似的来往着，历之普遍家庭间常见的姑媳间的纠纷，在我家却未曾经验过。

我与长男，彼此经济已独立多年了。他虽已另立门户，做着一家之主，可是能力很薄弱，而且数年前曾有一时颇荒唐。我对他虽很不放心，但也只好听其自然。我觉得父兄对于子弟须负全责的话，只是旧时代的一种理想。在旧日职业世袭，而且以农业为中心的社会里，父兄与子弟自朝到晚都在一处，做父兄的对于子弟的行为，当然便于监督指导，可以负责的。至于现今，尤其是我们这一类人，这话就无从说起了。我在上海做教书匠，我的儿子在汉口做商业伙计，他如果不知自爱，在那里赌钱或嫖妓，我有什么方法知道，用什么方法干涉他呢？结果只好听其自然了。

长男以下，还有一男二女。有的尚未成年，有的已经成年了尚未结婚，当然只好留在家里养活他们，或送到学校里去。我虽衷心地默祷，希望他们将来都成一个“人”，但在像我这样的父亲与现今的时代之下，究竟前途怎样，也只好听其自然，看他们自己的努力与运命如何了。

我的做父亲的情形，不过如此。我敢自己公言：我虽二十五年来觍然地做着父亲，而自问却未曾真正地做过一日父亲。

刊《妇女杂志》第十七卷一号
（1931 年 1 月 1 日）

新年的梦想

我常做关于中国的梦。我所做的都是恶梦，惊醒时总要遍身出冷汗。梦不止一次，故且把它拉杂写记如下，但愿这景象不至实现，永远是梦境。

我梦见中国遍地都开着美丽的罂粟花，随处可闻到芬芳的阿芙蓉气味。

我梦见中国捐税名目繁多，连撒屁都有捐。

我梦见中国四万万人都叉麻雀，最旺盛的时候，有麻雀一万万桌。

我梦见中国要人都生病。

我梦见中国人用的都是外国货，本国工厂烟筒里不放烟。

我梦见中国市场上流通的只是些印得很好看的纸。

我梦见中国日日有内战。

我梦见中国监狱里充满了死人。

我梦见中国到处都是匪。

刊《东方杂志》第三十卷十一号

（1933 年 1 月 1 日）

文学的力量

文学的有力量是事实。在几千年前，我们中国就知道拿文学来做移风易俗、改革社会的工具，这用现在的用语来说，就是所谓文艺政策。足见文学的力量，自古就已经大家承认的了。到了现在，因了印刷与交通的进步，识字者的增多，文学的力量愈益加增。我们可以说，文学的力量是非常之大的，只要看《黑奴吁天录》一书使黑奴得到解放，青年人读《少年维特的烦恼》有因而致自杀者，便可以明了。所以文学之有力量已是明白的事实，无须费词。今天所要讲的是以下三点：第一，文学的力量从何而来；第二，文学力量的特点；第三，文学对于读者发生力量需要什么条件。

一、文学的力量从何而来

我以为要讲文学的力量发生，应先讲文学的本身。文学的作品如诗歌小说之类，和“等因奉此”的公文，“天地玄黄、宇宙洪荒”的千字文性质不同。文学的特性第一是“具象”。我们平常说话不一定是文学的，但如果用文学的方法来说，便成为文学的了。譬如我们说："日子过得很快。"这句话语不足称为文学。如果我们要使它文学化，第一就应当使其能够使人感觉到，即是使其具象化。于是我们便说："流光容易把人抛，红了樱桃，绿了芭蕉。"这样便成为文学的说法了。为什么？因为后边的一句是具象化的："抛""红""绿""樱桃""芭蕉"，都是可用感觉机关来捉摸的事象，比"日子过得很快"的说法有声有色得多。再好像我们听见人家说某某地方打仗，死了很多人。这句话当然使我们感动，但若我们果然亲身到了那个地方，眼睛看见累累的尸身，狰狞可怖，那我们所得的印象一定更深了。可见愈具象的事情愈能使人感动。文学的力量也是同样发生的。通常说，中国人胆子小，爱面子，爱虚荣，因为了这些劣根性，于是中国人到处吃亏。但是只讲我们中国人有这些不良的品性，我们听了感动甚少。经鲁迅氏在《阿Q正传》中，假了名叫阿Q的一个人，加以一番具体的描写，便深刻多了。

文学的力量是从"具象"来的，不具象就没有力量。

文学的特性，第二是情绪的。这情绪也是使文学有力的一个条件。大凡告诉人家一件事情使他去做，有好几种的方法，或是用知识，或是诉之于情感。知识能够使人知道"如此这般"，但是很不容易使人实行。如果用情感就不同了。我们用情感使人做一件事，若是能使对方动情，对方自然便去做了。所谓"情不自禁"者，就是指这现象的话。文学的作品并不告诉人家如何如何，只把客观的事实具象地写下来，使人自己对之发生一种情绪，取得其预期的效果。

以上是讲文学本身发生力量的缘由。次之，文学的力量还可以从文学作者发生。文学作者的敏感，也是使文学有力量的原因。所谓文学作者，便是那些感情和观察力比较常人来得敏捷的写作的人：普通人看不见的，他们能够看见；普通人感觉不到的，他们感觉得到；普通人想不到的，他们也想得到。因为文学作者对于社会、对于事物的观感，比常人特别强，所以社会有变动时，先觉者往往是文学作者。世间事件所含奥秘，一般人往往不能见到，经文学作者提醒以后，方才注意及之。譬如讲到妇女解放问题，最初发动的是文学作者易卜生，他的名剧《娜拉》便是妇女解放的先声。美洲的黑奴解放，普通人都归功于《黑奴吁天录》一书。因为人生很微细的地方，文学作者都能看得到，因而把他的敏感观察得到的东西发为创作，自然会使人佩服，对读者有力量了。

所以，文学的力量的来源，可以分做两部分，第一从文学本质而来的，由于具象，由于情绪；第二是从文学作者方面来的，便是由于作者的敏感。

二、文学力量的特点

文学的力量是感染的力量，不是教训。教训的力量是带有强迫性的，文学的力量是没有强迫性的，是自由的。近来常有一种作品，带着浓厚的教训性，露骨地显露着某种的教训。这些作品往往缺乏具象与真实的情绪，与其说是文学作品，不如说是口号的改装。口号是一种号令，具有强烈的强迫性，真正的文学的力量，性质决非如此。文学并非全没教训，但是文学所含的教训乃系诉之于情感。文学对于世界，显然是负有使命的。文学之收教训的结果，所赖的不是强制力，而是感染力。良师对于子弟，益友对于知己，当施行教训的时候，常极力避用教训的方式，而用感化的方法，结果往往得到更大的功效。文学的力量亦正如此。

三、文学对读者发生力量的条件

文学的力量是不普遍的。文学需要着读者，某作家做了一本小说，如果国内读的人有了一万万，这一万万人也许都受了这本小说的感动，而还有三万万人没读这本小说的，是无法直接感动的。并且，一种文学作品并非对于任何读者都能发生效力。文学作品要对于读者发生效力，其主要条件是作者和读者之间的“共鸣”。作品对于读者有共鸣作用的便有力量，没有共鸣作用便无力量。这共鸣作用因空间时间而不同，因人的思想环境有别而各异。譬如讲失恋故事的作品，在我这个未曾尝过恋爱滋味的人读了，是不甚会发生共鸣的；西洋小说里面讲基督教的部分，在不懂基督教的人看来是不会发生兴趣的。一个作品里所表现的东西常有一般的与特殊的两种，大概描写一般的人性的东西，容易使多数人感动，对多数人发生有力量；至于叙写特殊的境遇的东西，如失恋的痛苦、孤儿的悲哀之类的东西，非孤儿和未曾尝过恋爱的滋味的人看了，感动要比较少。《红楼梦》是一部著名的小说，写林黛玉有许多动人的地方，但是这书在一百年前的闺秀眼中，和在现今的“摩登”小姐眼中，情形便不一样，她们的感受一定不大相同。某种作品有某种读者，《啼笑因缘》的读者和《阿Q正传》的读者，根本上是不同的人。

把上面的话归纳起来，就是：文学是有力量的。文学的力量由具象、情绪和作者的敏感而来；文学的力量，其性质是感染的，不是强迫的；文学作品对于读者发生力量，要以共鸣作用为条件。

刊《上海市教育局无线电广播演讲集》

（1933 年 8 月 31 日）

蟋蟀之话

“志士悲秋”，秋在四季中确是寂寥的季节，即非志士，也容易起感怀的。我们的祖先在原始时代曾与寒冷饥饿相战斗，秋就是寒冷饥饿的预告。我们的悲秋，也许是这原始感情的遗传。入秋以后，自然界形貌的变化反应在我们心里，引起这原始的感情来。

天空的颜色，云的形状，太阳及月亮的光，空气的触觉，树叶的色泽，虫的鸣声，凡此等等都是构成秋的情绪的重要成分。其中尤以虫声为最有力的因子，古人说“以虫鸣秋”，鸣虫实是秋季的报知者，秋情的挑拨者。

秋季的鸣虫可分为螽斯与蟋蟀二类，这里想只说蟋蟀。说起蟋蟀，往往令人联想到寂寥与感伤。“蟋蟀在堂”“今我不乐”，三百首中已有这样的话。姜白石咏蟋蟀《齐天乐》云：“庾郎先自吟愁赋，凄凄更闻私语。……哀音似诉。正思妇无眠，起寻机杼。曲曲屏山，夜凉独自甚情绪。……候馆迎秋，离宫吊月，别有伤心无数。……写入琴丝，一声声更苦。”凡是有关于蟋蟀的诗歌，差不多都是带着些悲感的。这理由是什么？如果有人说，这是由自然的背景与诗歌上的传统口吻养成的观念情绪，也许是的。实则秋季鸣虫的音乐，在本质上尚有可注意的地方。

蟋蟀的鸣声，本质上与鸟或蝉的鸣声大异其趣。鸟或蝉的鸣声是肉声，而蟋蟀的鸣声是器乐。“丝不如竹，竹不如肉”，我国从来有这样的话，意思是说器乐不如肉声。其实就音乐上说，乐器比之我们人的声带，构造要复杂得多，声音的范域也广得多。声带的音色决不及乐器的富于变化，乐器所能表达出的情绪远比声带复杂。箫笛的表哀怨，可以胜过人的悲吟；鼓和洋琴的表快悦，可以胜过人的欢呼。鸟的鸣声是和人的叫唱一样，同是由声带发出的，其鸣声虽较人的声音有变化，但既同出于肉质的声带，与人声究有共同之点。蝉虽是虫类，其鸣声由腹部之声带发出，也可以说是肉声。

蟋蟀等秋虫的鸣声比之鸟或蝉的鸣声，是技巧的，而且是器械的。它们的鸣声由翅的鼓动发生。把翅用显微镜检查时，可以看见特别的发音装置，前翅的里面有着很粗糙的镳状部，另一前翅之端又具有名叫“硬质部”的部分，两者摩擦就发声音。前翅间还有一处薄膜的部分，叫作“发音镜”，这是造成特殊的音色的机关。秋虫因了这些部分的本质和构造，与发音镜的形状，各奏出其独特的音乐。其音乐较诸鸟类与别的虫类，有着如许的本质的差异。

螽斯与蟋蟀的发音样式大同小异：螽斯左前翅在上，右前翅在下；蟋蟀反之，右前翅在上，左前翅在下。又，螽斯的锯状部在左翅，硬质部在右翅；而蟋蟀则两翅有着同样的构造。此外尚有不同的一点：螽斯之翅耸立作棱状，其发音装置的部分较狭；蟋蟀二翅平叠，因之其发音部分亦较为发达。在音色上，螽斯所发的音乐富于野趣，蟋蟀的音乐却是技巧的。

无论鸟类、螽斯或蟋蟀，能鸣只有雄，雌是不能鸣的。这全是性的现象，雄以鸣音诱雌。它们的鸣，和南欧人在恋人窗外所奏的夜曲同是哀切的恋歌。蟋蟀是有耳朵的，说也奇怪，蟋蟀的耳朵不在头部，倒在脚上。它们共有三对脚，在最前面的脚的胫节部具着附有薄膜的细而长的小孔，这就是它们的耳朵。它们用了这“脚耳”来听对手的情话。

蟋蟀的恋歌似乎很能发生效果。我们依了蟋蟀的鸣声，把石块或落叶拨去了看，常发现在那里的是雌雄一对。石块或落叶丛中是它们的生活的舞台，它们在这里恋爱，产卵，以至于死。

蟋蟀的生活状态在自然界中观察颇难，饲养于小瓦器中，可观察到种种的事实。蟋蟀的恋爱生活和其他动物及人类原无大异，可是有一极有兴趣的现象：它们是极端的女尊男卑的，雌对于雄的威势，比任何动物都厉害。试把雌雄二蟋蟀放入小瓦器中，彼此先用了触角探知对方的存在以后，雄的即开始鸣叫。这时的鸣声与在田野时的放声高吟不同，是如泣如诉的低音，与其说是在伺候雌的意旨，不如说是一种哀恳的表示。雄的追逐雌的，把尾部向雌的接近，雌的犹淡然不顾。于是雄的又反复其哀诉，雌的如不称意，犹是淡然。雄的哀诉，直至雌的自愿接受为止。交尾时，雌的悠然爬伏于雄的背上，雄的自下面把交尾器中所挟着的精球注入雌的产卵管中，交尾的行为瞬时完毕。饲养在容器中的蟋蟀，交尾可自数次至十余次，在自然界中想必也是这样。这和蜜蜂或蚕等只交尾一次而雄的就死灭的情形不同了。话虽如此，雄蟋蟀在交尾终了后，不久也就要遇到悲哀的运命。就容器中饲养的蟋蟀看，结果是雌的捧了大肚皮残留着，雄的所存在者只翅或脚的碎片而已。这现象已超过女尊男卑，入了极端的变态性欲的范围了。雄的可说是被虐待狂的典型，雌的可说是虐待狂的典型了吧。

原来在大自然看来，种的维持者是雌，雄的只是配角而已。有些动物的雄，虽逞着权力，但不过表面如此，论其究竟，负重大牺牲的仍是雄。极端的例可求之于蜘蛛或螳螂。从大自然的经济说，微温的人情——虫情原是不值一顾的，雄蟋蟀的悲哀的夙命和在情场中疲于奔命而死的男子相似。

蟋蟀产卵，或在土中，或在树干与草叶上。先入泥土少许于玻璃容器，把将产卵的雌蟋蟀储养其中，就能明了观察到种种状况。雌蟋蟀在产卵时，先用产卵管在土中试插，及找得了适当的场所，就深深地插入，同时腹部大起振动。产卵管是由四片细长的薄片合成的，卵泻出极速，状如连珠，卵尽才把产卵管拔出。一个雌蟋蟀可产卵至三百以上。雌蟋蟀于产卵后亦即因饥寒而死灭，所留下的卵，至次年初夏孵化。

蟋蟀在昆虫学上属于“不完全变态”的一类，由卵孵化出来的若虫差不多和其父母同形，只不过翅与产卵管等附属物未完全而已。这情形和那蝶或蝇等须经过幼虫、蛆蛹、成虫的三度变态的完全两样（像蝶或蝇等叫作“完全变态”的昆虫）。自若虫变为成虫，其间须经过数次的蜕皮，不蜕皮不能生长。蜕皮的次数也许因种类而有不同，学者之间有说七次的，有说八次或九次的。每次蜕皮以前虽没有如蚕的休眠现象，可是一时却不吃东西，直至食道空空，身体微呈透明状态为止。蜕皮时先从胸背起纵裂，连触角都蜕去，剩下的是雪白的软虫，过了若干时，然后回复其本来特有的颜色。这样的蜕皮经过相当次数，身体的各部逐渐完成。变为成虫以后，经过四五日即能鸣叫，其时期因温度地域种类个体而不同，大概在立秋前后。它们由此再像其先代的样子，歌唱，恋爱，产卵，度其一生。

蟋蟀能草食，也能肉食。普通饲养时饲以饭粒或菜片，但往往有自相残食的。把许多蟋蟀置入一容器中，不久就会因自相残食而大减其数。

雄蟋蟀富于斗争性，好事者常用以比赛或赌博。他们对于蟋蟀鉴别甚精，购求不惜重价，因了品种予以种种的名号。坊间至于有《蟋蟀谱》等类的书。我是此道的门外汉，无法写作这些斗士的列传。

刊《中学生》第三十八号

（1933 年 10 月）

春日化学谈

一　关于日光

每年到了三月，偏在南方低低地逼近了地平线运行着的太阳，渐渐升高了地位回归向北方来，万物也就从沉睡状态中苏醒了。春的恩惠，一言以蔽之，结果归着于太阳的赐惠加多。太阳不但给予我们以光明与温热，还给予我们以食物与能。

我们的食物中，有植物性的谷类和蔬果与动物性的乳、肉和卵。动物不能在自己体内制造食物，植物却有在体内制造自身所需要的养分的能力。这植物所制造的，就是动物当作食物赖以维持生命的东西。

我们只要耕田下种，施以适当的栽培，就不难获得食物。这食物从何处来，怎样造成的呢？不消说是由被根所吸收的土中的水分与无机成分，和被叶所吸收的空气里的碳酸气中的碳素造成的。将这些化学成分制成食物，是植物的叶绿素的功用，有叶绿素的叶子无异是食物的合成工场。话虽如此，仅是叶绿素还不够，根本的力量要推太阳。这些化学成分非加以日光的能，才会行合成作用，叶绿素只不过是捕集日光的能，巧妙地加以利用而已。这时日光的能变形了，在合成的物质之中潜伏着。植物为食物之根本，日光为植物合成工程上必不可缺的要素，可以说，我们是靠日光而生活着的。

空气中的碳酸气不多，只百分之零点零三光景。植物仅吸了这一点，合成上所需要的碳素已尽能供给了。因为叶吸收碳酸气的速度非常快速，最易吸收碳酸气的普通常推苛性钾的浓溶液，叶的吸收力可与相比。有些植物的叶，每一平方米的表面一小时可合成一克的淀粉。植物这样地合成糖类（淀粉、糖等），合成脂肪，合成蛋白质，这三者都是人类必要的食物的主成分。此外如维他命之类，亦非动物所能制造，全是直接或间接由植物摄取而来的东西。植物的所以能供给这种重要成分，不消说又要归功于日光的能。人类可不依赖植物的有无机盐、水和氧。但素菜类含着丰富的无机盐，人类事实上仍多量取之于植物。

世间任何事物没有能就不会活动。例如电车利用了电能，把它转变为机械能而行驶，蒸汽机关与内燃机关利用了煤或汽油的能，把它的热能转变为机械能而旋转。人类和别的动物是从食物获得运动的能的。植物的叶制造我们的食物时，所吸收的日光的能转变为化学的能，潜伏于新化合物之中。这食物一入人体里，被消化吸收了达到细胞，原来潜伏着的化学的能重新再变形而出现了。变形的场所就是细胞，一部分变形为热能，使我们有一定的温度，一部分变形为机械能，使我们全身会活动。我们的一切动作与活动，都是食物中潜伏的化学的能的变形使然，而这化学的能本来就是日光中光线的能。这样说来，我们的温热与活动，可以说就是日光的化身了。不但人类如此，一切生物所营的生活现象，直接或间接都与日光的能有密切的关系。

那个灼热的太阳，原是一个有六千度高热的大火球，其中当然没有我们通常所称的“生命”。可是地上的一切生命却都是它给予的。

二　关于植物

把土中的空气分析了看,其中有着碳酸气。这碳酸气的分量，在冬季是百分之零点五以下，一到春季就激增起来，三月中是百分之二,四五月最高，百分之三以上，从七八月起又逐渐减少。又，大气中碳酸气的量在春季亦见增加。这原因有二：一是由于植物的根在土中所行的呼吸旺盛，二是由于冬季入土的落叶因热而开始腐败分解，发出碳酸气来。腐败起于细菌的繁殖，碳酸气的发生结果可以说即是细菌的呼吸作用。土中除使落叶腐败的菌类外，尚有许多菌类，都在旺盛地呼吸着。

种子通常呈假死状态，在寒冷而干燥着的时候差不多是没有呼吸的。话虽如此，普通任何干燥的种子仍含着百分之三点五至十三的水分，在平常的温度中亦营着呼吸，会放出碳酸气来。一公斤的大麦在一小时可出零点零四公斤的碳酸气，如果把其水分增至百分之三十三,一小时可出八十三公斤的碳酸气。

呼吸可以生热,从空中取入氧素把体内的碳化合物燃了起来，结果就排出碳酸气。我们把木质就火燃烧，就发生热与碳酸气。生物的体内也很平顺地营着这种作用。

只要遇到水分和温热，种子随时都能发芽。我们常见橘子的种子在橘子中发芽，新收获的麦穗因雨亦可有发芽的事。充分干燥的种子能长久保持其生命，据说有人从印度五千年前的古墓里得了一粒麦种，播种下土居然发芽，结了九个穗。那麦是和现代的麦异其种类的。

种子得了水分与温热，种子中所贮的淀粉就因糖化酵素转化为糖分去养胚。种子中的淀粉粒，在显微镜下的形状因植物的种类而不同，但其性质却是同样的。化学的成分是（$C_6H_{10}O_5$）n，种子发芽的时候，原有的淀粉粒同糖化酵素的作用渐渐变为葡萄糖而流去消失，葡萄糖的化学成分等于把淀粉分割成若干（n）个，加入一个水（H_2O）进去，就是 $C_6H_{12}O_6$，我们平常嚼饭的时候常觉到甜味，因这时唾液中的糖化酵素已在把淀粉转化为葡萄糖了。

植物的芽，不论是从种子发生的或春来新换的，都与种子同样需要日光和水分，只是养分的贮藏的场所和种子不同罢了。芽的养分贮藏在茎或根里。芽不能像种子地永生着，把植物置在冬季同样的低温度之中使不发芽，究能维持生命到几年？这事至今尚未有人实验过。种子如果充分干燥，即到零下二百度仍能不死，至于芽，普通在零下一百度即死。不消说，这时的芽是无法使它干燥的，就高温度说，种子能耐到六七十度，而芽则至四五十度即死。含水的淀粉在六十六度时即成糊状，可是干燥的淀粉虽热至一百七十度，亦可不起何等的变化。

新芽得着日光，获得了叶绿素，营其奇妙不可思议的化学作用，从水（H_2O）与碳酸气（CO_2）造成甲醛（CH_2O），再由甲醛合成糖类、淀粉、脂肪或蛋白质。用光来将水与碳酸气造出甲醛，这已是人工所能办的了，但像植物的自由制造糖或淀粉，脂肪或蛋白质，在今日尚为人智所不及。

三　关于动物

普通在冬眠中的动物差不多没有呼吸，也没有血液循环。有毒的蛇在冬眠中，即使咬人也无危险。春天到来，冬眠的各种动物才觉醒。最先觉醒的是蛙类，有些蛙类会在还冰冻着的池沼中产细长如丝的卵。动物从冬眠觉醒转来的时候，因为长久不吃东西的缘故，常用猛烈的行动去找寻食物。

动物活动的原动力不消说是食物。食物之所以会使动物活动，实是酵素的功劳。动物体中，不论唾液、胃液、胆汁，都含有酵素，能以微妙的作用把食物来消化摄取。此外，那些营内分泌的各种内脏里，也各有特种的酵素，发挥各种各样的机能。动物在一方面能从各种东西摄取必要的养分，在其他方面能把自己身体的旧组织废去改换新组织，也都是酵素的作用。

酵素种类甚多，它的构成元素今日已经知道，至于其组列的形状如何尚未明白。酵素自身并不会起任何作用，一与他物相遇就能使起变化。每种酵素各有其特殊的对象物，唾液中名叫 Ptyalin 的酵素只能变淀粉为麦芽糖，对于脂肪或蛋白质是不起任何作用的；胃液中名叫 Pepsin 的酵素，只对于蛋白质有作用；胆汁中名叫 Lipase 的酵素，只能分解脂肪。酵素和生物相似，在温度三十八度时作用最活泼，热到八十度就丧失其作用。又，如果遇到了毒物，作用也就会死殁的。

“桃花流水鳜鱼肥”。不但鳜鱼，一切动物在产卵的时季，脂肪旺盛，滋味都较平时鲜美。可是，在产卵期内，动物往往有毒，不可不知。吃河豚的往往丧失性命，秋季食蟹亦常有中毒的事。动物在产卵期中，卵与卵巢等大概有毒，很适合于保存种族。不但动物，有些植物在嫩芽或根里也有毒，像马铃薯就是一个例。

四　关于微生物

草木逢春发芽开花，叫我们欢悦，可是植物之中有逢春不发芽开花，生活在我们不看见的地方，为我们尽力，如酵母就是。酵母是下等植物的一种，在显微镜下看去，呈圆形或椭圆形，大批集群着时候，发糟粕或酒类的气味。这菌类和普通植物不同，不在地上繁殖，要在培养液中才能旺盛地繁殖。酵母的种类不少，现在试单就酿酒时所必要的 Saccharomyces 属的酵母来说吧。

酵母的培养液中，须加糖类、氨、磷酸钾等，主要成分为麦芽（令大麦发芽为曲），酵母繁殖时在其圆形或椭圆形的母细胞上先生细小的突起，渐渐长大，长大到与母细胞同样的时候，即分立而成独立的细胞。细胞的分裂，在摄氏四度须二十小时，在十三至十五度须十小时半，在二十三度须六小时半。酵母发芽所需要的温度最低可至零度，最高是四十度左右。

酒在太古时代已被发明，可是酵母的发现却在十九世纪。因了德法诸学者的研究，才知道酒的发酵主体是一种酵母。现在更进一步，知道酿酒酵母中含有名叫 Zymase 的酵素，这酵素对糖液发生了作用，才起酒精发酵。

酒对于人类于陶醉的快乐以外，曾给予以种种道德上身体上的恶影响，可是酵母是无罪的。因了时代的进展与实际的需要，酿酒酵母为我们尽力的方面正多，可以说是我们的恩人呢。

石炭总有干竭的一日，液体燃料的石油汽油也是有限的东西，无法用人工来增加。能用人工制造的燃料，现在只有酒精。酒精的原料甚多，如马铃薯、山薯、高粱、玉蜀黍、谷类都是。把这类含有淀粉的东西加入酸类，先使淀粉化糖，再加酵母发酵，就可取得酒精。这种酒精的原料本是我们重要的食粮，如果能利用废物或更廉价的原料来制造酒精，那么酵母对于人类的功绩将愈显出了。

酵母本身含有蛋白质、磷、维他命 B 等，把它直接充作食物，也是很有价值的。历来曾有过许多考案，想把微生物转化为食粮。

所困难的就是制造酵母先须用淀粉和糖类，这些原料本身就是贵重的食粮；并且酵母在培养上也有种种复杂的问题，这理想的实现，恐只好待之于将来了。

刊《中学生》第四十四号

（1934 年 4 月）

我的畏友弘一和尚

弘一和尚是我的畏友。他出家前和我相交者近十年，他的一言一行，随在都给我以启诱。出家后对我督教期望尤殷，屡次来信都劝我勿自放逸，归心向善。

佛学于我向有兴味，可是信仰的根基迄今远没有建筑成就。平日对于说理的经典，有时感到融会贯通之乐，至于实行修持，未能一一遵行。例如说，我也相信唯心净土，可是对于西方的种种客观的庄严尚未能深信。我也相信因果报应是有的，但对于修道者所宣传的隔世的奇异的果报，还认为近于迷信。关于这事，在和尚初出家的时候，曾和他经过一番讨论。和尚说我执着于“理”，忽略了“事”的一方面，为我说过“事理不二”的法门。我依了他的谆嘱读了好几部经论，仍是格格难入。从此以后，和尚行脚无定，我不敢向他谈及我的心境。他也不来苦相追究，只在他给我的通信上时常见到“衰老将至，宜及时努力”珍重等泛劝的话而已。

自从白马湖有了晚晴山房以后，和尚曾来小住过几次，多年来阔别的旧友复得聚晤的机会。和尚的心境已达到了什么地步，我当然不知道，我的心境却仍是十年前的老样子，牢牢地在故步中封止着。和尚住在山房的时候，我虽曾虔诚地尽护法之劳，送素菜，送饭，对于佛法本身却从未说到。

有一次，和尚将离开山房到温州去了，记得是秋季，天气很好，我邀他乘小舟一览白马湖风景。在船中大家闲谈，话题忽然触到蕅益大师。蕅益名智旭，是和莲池、紫柏、憨山同被称为明代四大师的。和尚于当代僧人则推崇印光，于前代则佩仰智旭，一时曾颜其住室曰旭光室。我对于蕅益，也曾读过他不少的著作。据《灵峰宗论》上所附的传记，他二十岁以前原是一个竭力谤佛的儒者，后来发心重注《论语》，到《颜渊问仁》一章，不能下笔，于是就出家为僧了。在传下来的书目中，他做和尚以后曾有一部著作叫《四书蕅益解》的，我搜求了多年，终于没有见到。这回和和尚谈来谈去，终于说到了这部书上面。

“《四书蕅益解》前几个月已出版了。有人送我一部，我也曾快读过一次。”和尚说。

“蕅益的出家，据说就为了注‘四书’，他注到《颜渊问仁》一章据说不能下笔，这才出家的。《四书蕅益解》里对《颜渊问仁》一章不知注着什么话呢？倒要想看看。”我好奇地问。

“我曾翻过一翻，似乎还记得个大概。”

“大意怎样？”我急问。

“你近来怎样，还是唯心净土吗？”和尚笑问。

“……”我不敢说什么，只是点头。

“《颜渊问仁》一章，可分两截看。孔子对于颜渊说：‘克己复礼。’只要‘克己复礼’本来具有的，不必外求为仁。这是说‘仁’是就够了，和你所见到的唯心净土说一样。但是颜渊还要‘请问其目’，孔子告诉他‘非礼勿视，非礼勿听，非礼勿言，非礼勿动’，这是实行的项目。‘克己复礼’是理，‘非礼勿视’等等是事。所以颜回下面有‘请事斯语矣’的话。理是可以顿悟的，事非脚踏实地去做不行。理和事相应，才是真实工夫，事理本来是不二的。——蕅益注《颜渊问仁》章大概如此吧，我恍惚记得是如此。”和尚含笑滔滔地说。

“啊，原来如此。既然书已出版了，我想去买来看看。”

“不必，我此次到温州去，就把我那部寄给你吧。”

和尚离白马湖不到一星期，就把《四书蕅益解》寄来了，书面上仍用端楷写着“寄赠丏尊居士”“弘一”的款识。我急去翻《颜渊问仁》一章。不看犹可，看了不禁呀地自叫起来。

原来蕅益在那章书里只在“回虽不敏，请事斯语矣”下面注着“僧再拜”三个字，其余只录白文，并没有说什么，出家前不能下笔的地方，出家后也似乎还是不能下笔。所谓“事理不二”等等的说法，全是和尚针对了我的病根临时为我编的讲义！

和尚对我的劝诱在我是终身不忘的，尤其不能忘怀的是这一段故事。这事离现在已六七年了，至今还深深地记忆着，偶然念到，感着说不出的怅惘。

刊《越风》第九期

（1936 年 3 月 3 日）

弘一法师之出家

今年旧历九月二十日，是弘一法师满六十岁诞辰。佛学书局因为我是他的老友，嘱写些文字以为记念，我就把他出家的经过加以追叙。他是三十九岁那年夏间披剃的，到现在已整整做了二十一年的僧侣。我这里所述的，也都是二十一年前的旧事。

说起来也许会教大家不相信，弘一法师的出家可以说和我有关，没有我，也许不至于出家。关于这层，弘一法师自己也承认。有一次，记得是他出家二三年后的事，他要到新城掩关去了，杭州知友们在银洞巷虎跑寺下院替他饯行，有白衣，有僧人。斋后，他在座间指了我向大家道：

“我的出家，大半由于这位夏居士的助缘。此恩永不能忘！”

我听了不禁面红耳赤，惭悚无以自容。因为一，我当时自己尚无信仰，以为出家是不幸的事情，至少是受苦的事情。弘一法师出家以后即修种种苦行，我见了常不忍。二，他因我之助缘而出家修行去了，我却竖不起肩膀，仍浮沉在醉生梦死的凡俗之中。

所以深深地感到对于他的责任，很是难过。

我和弘一法师（俗姓李，名字屡易，为世熟知者名曰息，字曰叔同）相识，是在杭州浙江两级师范学校（后改名浙江第一师范学校）任教的时候。这个学校有一个特别的地方，不轻易更换教职员。我前后担任了十三年，他担任了七年。在这七年中，我们晨夕一堂，相处得很好，他比我长六岁。当时我们已是三十左右的人了，少年名士气息忏除将尽，想在教育上做些实际工夫。我担任舍监职务，兼教修身课，时时感觉对于学生感化力不足。他教的是图画音乐二科，这两种科目，在他未来以前是学生所忽视的，自他任教以后就忽然被重视起来，几乎把全校学生的注意力都牵引过去了。课余但闻琴声歌声，假日常见学生出外写生，这原因一半当然是他对于这二科实力充足，一半也由于他的感化力大。只要提起他的名字，全校师生以及工役没有人不起敬的。他的力量全由诚敬中发出，我只好佩服他，不能学他。举一个实例来说，有一次，寄宿舍里有学生失少了财物了，大家猜测是某一个学生偷的，检查起来却没有得到证据。我身为舍监，深觉惭愧苦闷，向他求教。他所指教我的方法说也怕人，教我自杀！说：

“你肯自杀吗？你若出一张布告，说做贼者速来自首。如三日内无自首者，足见舍监诚信未孚，誓一死以殉教育。果能这样，一定可以感动人，一定会有人来自首。——这话须说得诚实，三日后如没有人自首，真非自杀不可。否则便无效力。”

这话在一般人看来是过分之辞，他提出来的时候却是真心的流露，并无虚伪之意。我自愧不能照行，向他笑谢，他当然也不责备我。我们那时颇有些道学气，俨然以教育者自任，一方面又痛感到自己力量的不够。可是所想努力的，还是儒家式的修养，至于宗教方面简直毫不关心的。

有一次，我从一本日本的杂志上见到一篇关于断食的文章，说断食是身心“更新”的修养方法，自古宗教上的伟人，如释迦，如耶稣，都曾断过食。断食能使人除旧换新，改去恶德，生出伟大的精神力量。并且还列举实行的方法及应注意的事项，又介绍了一本专讲断食的参考书。我对于这篇文章很有兴味，便和他谈及，他就好奇地向我要了杂志去看。以后我们也常谈到这事，彼此都有“有机会时最好把断食来试试”的话，可是并没有作过具体的决定，至少在我自己是说过就算了的。约莫经过了一年，他竟独自去实行断食了。这是他出家前一年阳历年假的事。他有家眷在上海，平日每月回上海两次，年假暑假当然都回上海的。阳历年假只十天，放假以后我也就回家去了，总以为他仍照例回到上海了。假满返校，不见到他，过了两个星期他才回来，据说假期中没有回上海，在虎跑寺断食。我问他：“为什么不告诉我？”他笑说：“你是能说不能行的。并且这事预先教别人知道也不好，旁人大惊小怪起来，容易发生波折。”他的断食共三星期：第一星期逐渐减食至尽，第二星期除水以外完全不食，第三星期起由粥汤逐渐增加至常量。据说经过很顺利，不但并无苦痛，而且身心反觉轻快，有飘飘欲仙之象。他平日是每日早晨写字的，在断食期间仍以写字为常课，三星期所写的字有魏碑，有篆文，有隶书，笔力比平日并不减弱。他说断食时心比平时灵敏，颇有文思，恐出毛病，终于不敢作文。他断食以后食量大增，且能吃整块的肉（平日虽不茹素，不多食肥腻肉类）。自己觉得脱胎换骨过了，用老子“能婴儿乎”之意改名李婴，依然教课，依然替人写字，并没有什么和前不同的情形。据我知道，这时他还只看些宋元人的理学书和道家的书类，佛学尚未谈到。

转瞬阴历年假到了，大家又离校。哪知他不回上海，又到虎跑寺去了。因为他在那里住过三星期，喜其地方清静，所以又到那里去过年。他的归依三宝，可以说由这时候开始的。据说，他自虎跑寺断食回来，曾去访过马一浮先生，说虎跑寺如何清静，僧人招待如何殷勤。阴历新年，马先生有一个朋友彭先生求马先生介绍一个幽静的寓处，马先生忆起弘一法师前几天曾提起虎跑寺，就把这位彭先生陪送到虎跑寺去住。恰好弘一法师正在那里，经马先生之介绍就认识了这位彭先生。同住了不多几天，到正月初八日，彭先生忽然发心出家了，由虎跑寺当家为他剃度。弘一法师目击当时的一切，大大感动，可是还不就想出家，仅归依三宝，拜老和尚了悟法师为归依师。演音的名，弘一的号，就是那时取定的。假期满后仍回到学校里来。

从此以后，他茹素了，有念珠了，看佛经了，室中供佛像了。宋元理学书偶然仍看，道家书似已疏远。他对我说明一切经过及未来志愿，说出家有种种难处，以后打算暂以居士资格修行，在虎跑寺寄住，暑假后不再担任教师职务。我当时非常难堪，平素所敬爱的这样的好友将弃我遁入空门去了，不胜寂寞之感。在这七年之中，他想离开杭州一师有三四次之多，有时是因为对于学校当局有不快，有时是因为别处来请他，他几次要走，都是经我苦劝而作罢的。甚至于有一个时期，南京高师苦苦求他任课，他已接受聘书了，因我恳留他，他不忍拂我之意，于是杭州南京两处跑，一个月中要坐夜车奔波好几次。他的爱我，可谓已超出寻常友谊之外，眼看这样的好友因信仰的变化要离我而去，而且信仰上的事不比寻常名利关系，可以迁就。料想这次恐已无法留得他住，深悔从前不该留他。他若早离开杭州，也许不会遇到这样复杂的因缘的。暑假渐近，我的苦闷也愈加甚。他虽常用佛法好言安慰我，我总熬不住苦闷。有一次，我对他说过这样的一番狂言：

“这样做居士究竟不彻底。索性做了和尚，倒爽快！”

我这话原是愤激之谈，因为心里难过得熬不住了，不觉脱口而出。说出以后，自己也就后悔。他却仍是笑颜对我，毫不介意。

暑假到了，他把一切书籍字画衣服等等分赠朋友学生及校工们——我所得到的是他历年所写的字，他所有折扇及金表等——自己带到虎跑寺去的只是些布衣及几件日常用品。我送他出校门，他不许再送了，约期后会，黯然而别。暑假后，我就想去看他，忽然我父亲病了，到半个月以后才到虎跑寺去。相见时我吃了一惊，他已剃去短须，头皮光光，著起海青，赫然是个和尚了！他笑说：

“昨天受剃度的。日子很好，恰巧是大势至菩萨生日。”

“不是说暂时做居士，在这里住住修行，不出家的吗？”我问。

“这也是你的意思，你说索性做了和尚……”

我无话可说，心中真是感慨万分。他问过我父亲的病况，留我小坐，说要写一幅字叫我带回去，作他出家的纪念。他回进房去写字，半小时后才出来，写的是楞严大势至念佛圆通章，且加跋语，详记当时因缘，末有“愿他年同生安养共圆种智”的话。临别时我和他作约，尽力护法，吃素一年。他含笑点头，念一句“阿弥陀佛”。

自从他出家以后，我已不敢再谤毁佛法，可是对于佛法见闻不多，对于他的出家，最初总由俗人的见地，感到一种责任：以为如果我不苦留他在杭州，如果我不提出断食的话头，也许不会有虎跑寺马先生彭先生等因缘，他不会出家。如果最后我不因惜别而发狂言，他即使要出家，也许不会那么快速。我一向为这责任之感所苦，尤其在见到他作苦修行或听到他有疾病的时候。近几年以来，我因他的督励，也常亲近佛典，略识因缘之不可思议，知道像他那样的人，是于过去无量数劫种了善根的。他的出家，他的弘法度生，都是夙愿使然，而且都是希有的福德，正应代他欢喜，代众生欢喜，觉得以前的对他不安，对他负责任，不但是自寻烦恼，而且是一种僭妄了。

作于1939年

一个夏天的故事

这是希腊苏格拉底的轶事：苏格拉底曾当过兵，参与过战争。有一回，战后和许多兵士在旷野中行走，天气很热，大家已渴得难耐了。忽然在路旁发现一条小溪，清冽的水潺潺地流着。许多兵士都纷纷到溪边用手掬水，畅饮称快，苏格拉底却立着不去饮水。别的兵士奇怪了，问他："为什么有这样的好水不饮？"他回答说："我正渴得难耐，想试试自己的克己的工夫究有多少，预备忍耐到不渴为止。"

一年四季中，炎夏最为人所畏惧。一般人都把夏季看作灾难，要设法解消它，避免它，至于有"消夏""避暑"的名称。俗语说"过夏好比过难"。夏季的苦难原是很多的，容易生病咧，烈日如焚咧，蚊蚤叮咬咧，汗流浃背咧，热闷难熬咧……历举起来，说也说不尽。这种苦难如果照上面所举的故事说来，都可以作为锻炼修养的机会，而且都是最切实没有的机会。苏格拉底在西洋被称为千古的圣人，他的奋斗修养当然是无时无地懈怠的，这故事中所告诉我们的只是某一个夏天的事，而且只是关于渴的一件事。如果类推开去，应用是可以很广的。我们原不一定希望成圣人，把这样的精神学得一二分也就受用不尽了。

“怎样过暑假？”少年们作的这类题目的文章是我所常常见到的。文章里面大都“一、二、三、四”地分了项目，说着许多过暑假的预备，读书应该怎样，救国工作干些什么，修养该注意些什么，各人都定得井井有条。在我看来，这些大部分都不免是抽象的空言。最要紧的是“在事上磨炼”。苏格拉底的故事，是“在事上磨炼”的一个好例。

这故事是我多年前偶然在某一本书上见到的，对我印象很深，每到夏天，更记忆起来。我有生以来未曾尝过往庐山、莫干山避暑的幸福，自丢了教鞭改入工商界以后，连暑假的权利也早已没有了。每当苦热难耐的时候，就把这故事记忆了来消遣。这故事是我的清凉散，现在也来贡献给少年们。

刊《新少年》第二卷第一期

（1936 年 7 月 10 日）

鲁迅翁杂忆

我认识鲁迅翁，还在他没有鲁迅的笔名以前，我和他在杭州两级师范学校相识，晨夕相共者好几年，时候是前清宣统年间。那时他名叫周树人，字豫才，学校里大家叫他周先生。

那时两级师范学校有许多功课是聘用日本人为教师的，教师所编的讲义要人翻译一遍，上课的时候也要有人在旁边翻译。我和周先生在那里所担任的就是这翻译的职务。我担任教育学科方面的翻译，周先生担任生物学科方面的翻译。此时，他还兼任着几点钟的生理卫生的教课。

翻译的职务是劳苦而且难以表现自己的，除了用文字语言传达他人的意思以外，并无任何可以显出才能的地方。周先生在学校里却很受学生尊敬，他所译的讲义就很被人称赞。那时白话文尚未流行，古文的风气尚盛，周先生对于古文的造诣，在当时出版不久的《域外小说集》里已经显出。以那样的精美的文字来译动物植物的讲义，在现在看来似乎是浪费，可是在三十年前重视文章的时代，是很受欢迎的。

周先生教生理卫生，曾有一次答应了学生的要求，加讲生殖系统。这事在今日学校里似乎也成问题，何况在三十年以前的前清时代。全校师生们都为之惊讶，他却坦然地去教了。他只对学生提出一个条件，就是在他讲的时候不许笑。他曾向我们说："在这些时候不许笑是个重要条件。因为讲的人的态度是严肃的，如果有人笑，严肃的空气就破坏了。"大家都佩服他的卓见。据说那回教授的情形果然很好。别班的学生因为没有听到，纷纷向他来讨油印讲义看，他指着剩余的油印讲义对他们说："恐防你们看不懂的，要么，就拿去。"原来他的讲义写得很简单，而且还故意用着许多古语，用"也"字表示女阴，用"了"字表示男阴，用"糸"字表示精子，诸如此类，在无文字学素养未曾亲听过讲的人看来，好比一部天书了。这是当时的一段珍闻。

周先生那时虽尚年青，丰采和晚年所见者差不多。衣服是向不讲究的，一件廉价的羽纱——当年叫洋官纱——长衫，从端午前就着起，一直要着到重阳。一年之中，足足有半年看见他着洋官纱，这洋官纱在我记忆里很深。民国十五年初秋他从北京到厦门教书去，路过上海，上海的朋友们请他吃饭，他着的依旧是洋官纱。我对了这二十年不见的老朋友，握手以后，不禁提出"洋官纱"的话来。"依旧是洋官纱吗？"我笑说。"呃，还是洋官纱！"他苦笑着回答我。

周先生的吸卷烟是那时已有名的。据我所知，他平日吸的都是廉价卷烟，这几年来，我在内山书店时常碰到他，见他所吸的总是金牌、品海牌一类的卷烟。他在杭州的时候，所吸的记得是强盗牌。那时他晚上总睡得很迟，强盗牌香烟，条头糕，这两件是他每夜必须的粮。服侍他的斋夫叫陈福。陈福对于他的任务，有一件就是每晚摇寝铃以前替他买好强盗牌香烟和条头糕。我每夜到他那里去闲谈，到摇寝铃的时候，总见陈福拿进强盗牌和条头糕来，星期六的夜里备得更富足。

周先生每夜看书，是同事中最会熬夜的一个。他那时不做小说，文学书是喜欢读的。我那时初读小说，读的以日本人的东西为多，他赠了我一部《域外小说集》，使我眼界为之一广。我在二十岁以前曾也读过西洋小说的译本，如小仲马、狄更斯诸家的作品，都是从林琴南的译本读到过的。《域外小说集》里所收的是比较近代的作品，而且都是短篇，翻译的态度，文章的风格，都和我以前所读过的不同。这在我是一种新鲜味。自此以后，我于读日本人的东西以外，又搜罗了许多日本人所译的欧美作品来读，知道的方面比较多起来了。他从五四以来，在文字上，思想上，大大地尽过启蒙的努力。我可以说是在三十年前就受他启蒙的一个人，至少在小说的阅读方面。

周先生曾学过医学。当时一般人对于医学的见解，还没有现在的明了，尤其关于尸体解剖等类的话，是很新奇的。闲谈的时候，常有人提到这尸体解剖的题目，请他讲讲“海外奇谈”，他都一一说给他们听。据他说，他曾经解剖过不少的尸体，有老年的，壮年的，男的，女的。依他的经验，最初也曾感到不安，后来就不觉得什么了，不过对于青年的妇人和小孩的尸体，当开始去破坏的时候，常会感到一种可怜不忍的心情。尤其是小孩的尸体，更觉得不好下手，非鼓起了勇气，拿不起解剖刀来。我曾在这些谈话上领略到他的人间味。

周先生很严肃，平时是不大露笑容的，他的笑必在诙谐的时候。他对于官吏似乎特别憎恶，常摹拟官场的习气，引人发笑。现在大家知道的“今天天气……哈哈”一类的摹拟谐谑，那时从他口头已常听到。他在学校里是一个幽默者。

刊《文学》第七卷第六期

（1936 年 12 月）

中国书业的新途径

全国事业经过八年的战祸，无一不受到巨大的创伤。胜利以后，亟待复兴。但所谓复兴者，不只是恢复原状而已，要较原状有所改进才对。笔者侧身书业，敢就本业发抒私见，供同业先进与全国关心文化事业之业外人士采择。

书业以传达文化，供给精神食粮为职志。书店之业务可分为二部，一是将有价值的著述印制成为书籍，这叫作出版；二是将所印制成的书籍流通开去，供人阅读，这叫作发行。就出版方面说，著述可收外稿，原不必一一由书店自己编辑。但一书店有一书店的目标，为便利计，皆设有编辑所。排印书籍原为印刷所之事，本无须由书店自己兼营。但书店为呼应便利计，大都附办印刷所。就发行方面说，书店所制成的书籍原可与别种商品一样，除门售外，批发给贩卖商销行到外埠去，不一定要在外埠自设分店。但书店为了要防止放账上的危险及其他种种原因，皆于总店以外在重要城市另设分店。故向例一家书店机构很是庞大。总店本身要具有编辑所、印刷所、发行所三部；总店以外，还要具有许多分店才算骨骼完整，规模粗具。

书店的机构庞大如是，非有巨大资本不能应付。可是按之实际，书店的资本薄弱得很。在战前，全国最大的书店如商务印书馆资本只五百万元，中华书局是四百万元，其他的各书店只不过数十万元而已。以如是薄弱的资本，要想转动其全部机构来实现文化上的使命，当然力有未逮。于是只好缩短阵线，大家把眼光集中于销路比较可靠而成本不大的书籍上。第一是中小学的教本，次之是不要稿费或版税的旧书翻印，行有余力，然后轮到别的新书。各家所出版之书籍既互相重复，发行上竞争自然激烈，或用巨幅广告来号召，或违背同业定章，抑低折扣滥放客账来倾销，结果发行费用非常浩大，利润随而减少。

这种情形于书店当然不利，而整个文化界也受到不良的影响。因为书店财力有限，所出版的十之八九只是些中小学教本与旧书，自无力来介绍日新月异的学术思想，也无暇顾及社会各方面的需要。譬如说，关于新兵器的书，关于台湾、澎湖的书，关于内蒙、西藏、新疆的书，现在很需要，可是书店里不大多见。中国是以农立国的，可是任何农学部门都找不到一部像样得用的书。此外如音乐、绘画、雕刻、建筑、医药、航空、造船等门类，也都为了太冷僻太专门的缘故，不被书店所顾及。即使有人撰写好了稿子去委托出版，也大概会遭到拒绝。笔者有一位研究音乐的朋友，现为国立音乐院教授，他费了多年的光阴与气力写好了两部书，一部叫对位法，一部叫音乐史，自以为很有价值，想出版，遍询书店都不要。中国虽有许多家书店，而书籍的种类不多。除教本外，一般书籍的销数也有限，每一本书，销数好的不过几千，坏的只几百或几十。因为书店营业的目光偏在教本，无暇顾及一般的所谓“杂书”；并且推销上全靠门市与自设的几处分店，无力把书籍伸入全国各地去的缘故。若与他国相较，中国所出版的书籍在品种上和销行数量上都有落后之观。

以上所指摘的是书店过去的情形。今后是否将再这样继续下去呢？原来机构已大受损伤，有的已失去了印刷所，有的已解散了编辑所，至于各地的分店大都也已毁去了十之七八，如果要一一恢复旧观，恐各家书店都无此财力。试看仅仅几种国定教本，以七家书店来联合承印，犹嫌资金不足，要向政府贷款，书店财力之薄弱可知。第二，书店向以教本为主要营业，今则教本已改为国定，为教育前途计，我们也希望其永为国定。国定教本理宜由国家规定办法，让大家承印。从前由七家书店与教育部订立契约，联合承印，是战争时期不得已的办法。此后情形改变，当然未必能够继续下去，在教科书以外，应该决定营业的方针。

情势如此，书业若重循故辙，前途将遭遇许多障碍。为今之计，亟宜另觅一条新途径。新途径是什么？即将原来机构改组，把出版机关与发行机关分立。其办法大致如下：

一、以上海现有书店为发起人，在上海组织联合书店（假定之名）股份有限公司，资本十亿元（假定之数），任各方投资。

二、联合书店不出版书籍，但以发行为业务，在全国各省市各县设立分店，其普遍应如邮局。

三、现有各书店各自动改称为出版社。出版社专营出版事业，其资本可大可小。各出版社以所出版之书籍批发与联合书店发行，不自设总店门市部与各地分店。

四、联合书店营业以现款交易为原则，于收到各出版社所出之书籍时，即按批发折扣，以定价几分之几付给现款，余额按期结清。

这只是个大纲，详细办法与实际上的技术问题，无暇在本文中叙说。书业若如此改组，在出版与发行两方面有许多好处：

一、发行效力大可增加，假定一部新书每县销行十册，全国二千余县合计可销行二万册。印数既多，造货成本自廉，可使读者减轻负担。

二、推广费及管理费可以减少，无滥放回头及吃倒账等流弊。

三、资金周转灵活。

四、任何著作者可纠合同志或独力以小资本经营出版社，依各自的兴趣刊行各门类的书籍，不必一定再委托书店出版。书籍的种类将因此大大增多。其委托书店出版者，亦可于成书时即取得版税。

五、营业统一，无垄断可言。书籍之销行与否，全视其内容与定价如何。各出版家将专在书籍的内容上成本上互相竞争，促成文化的向上。

仅就上面所举的几点来看，好处已经很多。为各家书店减轻原来笨重的负荷计，今后的发展计，为整个文化界的利益计，这条途径似乎平坦可行，是值得采取的。

也许有人要顾虑，以为书店发行部既化零为整，各家发行部的从业员将有失业之忧了。这层是不足虑的。联合书店将遍设各地，犹如邮局，所需要的人员比现在不知要多若干倍，原来的从业员决无过剩之理。也许还有人要顾虑，以为联合书店规模巨大，整个出版界或将为此一机关所操纵，对出版界前途不无影响。这亦不足为虑。联合书店本身不出版书籍，出版之事仍操纵在出版家手中。联合书店所得的只是百分之几的批发折扣，不致夺尽出版家的利益。联合书店资本既大，其股票势必在股票市场流通，艳羡联合书店的利润者尽可购买其股票，取得股东乃至董事监察人之资格。

在抗战八年中，他业多有大发其财者，书业不但不发财，且损失极大，可告无罪于国家社会。胜利以后，书业被一班敏感者认为大有希望的事业。他们以为西南西北各省教育远较战前发达，且台湾、东北重新收复，营业范围可大加开拓，别种商品将来都有舶来外货与之竞争，而书籍则不致遭逢外来劲敌。不错，书业的前程确是远大的，问题就在书业自身怎样去迎合这远大的前程。

笔者怀此意见已久，平日言谈所及，知同业中亦不乏共鸣之士，整个正在着手复兴。改弦易辙，奋发向上，今正其时。笔者此文就算是一个公开的提议。

刊《大公报》

（1945 年 12 月 17 日）

“你须知道自己”

我向有个先写稿后加题目的习惯，此稿成后，想不出好题目，于是就僭越地借用了这句希腊哲人的标语。

中学生诸君，新年恭喜！

说到新年，不禁记起一件故事来了。从前日本有一个很有名的和尚，故意于新年元旦提了骷髅到人家门口去，叫大家杀风景。日本向有元旦在门口筑了土堆插松枝的风俗，叫作“门松”。和尚有一句咏门松的诗道：“门松是冥土之旅的一里冢。”一里冢者，日本古代每一里作一土堆如冢，上插木标，以标记里程的。和尚的诗，意思就是说一个人过了一年就离冥土愈近了。

呻呀！新年新岁，理应说利市，讲好话，为什么要提起这样的话来扫大家的兴呢？但是照例地说利市，讲好话，也觉得没有意思。新年相见的套语，如“恭喜”之类，其中并不笼有真实的深意，说“恭喜恭喜”，并不就会有喜可恭的。

我们无论做哪一件事，都要预想到着末的一步，才会认真，才会不苟。做买卖的人所要顾虑的不是赚钱，乃是蚀本。赌博的人所须留意的不是赢了怎样，乃是输了如何。日本的那位和尚在元旦叫人看骷髅，要大家觉悟到死的一大事实，其事虽杀风景，但实也可谓是一种最慈悲的当头棒喝。我根据了这理由，想在这一九三〇年的新年，当作贺年的礼物，对诸君说几句看似不快而却是真实的话。

依学龄计算，诸君都是十三岁以上二十岁以下的志气旺盛的青年。诸君对于前途，所怀抱的希望不消说是很多的吧。恋爱咧，名誉咧，革命咧，救国咧，诸如此类离本题太远的希望，暂且不提。即仅就了求学而论，诸君的希望应也就不小，由初中而高中，由高中而大学，由大学而出洋，由出洋而成博士，等等，似都应列入诸君的好梦之中的。可是抱歉得很，我在这里想对诸君谈说的，却不是怎样由初中入高中、入大学、出洋等的好事，乃是关于不吉方向的事。就是：不能出洋怎样？不能入大学怎样？不能升高中怎样？或甚至于初中不能毕业怎样？

就大体说，教育的等级是和财产的等级一致的。财产有富者、中产者与贫困者三个等差，教育也有高等、中等、初等的三个阶段。在别国，这阶段很是露骨，尽有于最初就把贫富分离的学校制度。凡有资力可令子弟受中等以上的教育者，就可不令子弟进普通的国民小学。我国在学校制度上表面虽似平等，其实这财产上的阶段仍很明显地在教育的等差上反映着。不消说，小学校学生之中原有每日用汽车接送的富家儿与衣服楚楚的中产者的子弟的，但全体统计，究以着破鞋拖鼻涕的贫家小孩为多。到了中学，贫困者就无资格入门，因为做中学生每年至少须花二百元的学费，不是中产以下的家庭所能负担。做中学生的不是富家儿，即是中产者的子弟。至于入大学，费用更巨，年须三四百元以上，故做大学生的大概是富家儿，即使偶有中产者的子弟蛰居其间，不是少数的工读生，即是少数的叫父母流泪典质了田地不惜为求学而破家的好学的别致朋友罢了。这样，教育的阶段宛如几面筛子，依了财产的筛孔，把青年大略筛成三等。纵有漏网混杂别等里去的，那真是偶然的侥幸的机会。

诸君是中学生，贫困者已于小学毕业时被第一道筛子从诸君的队里筛出了。诸君之中混杂着富者与中产者的子弟，但富者究竟不多，诸君的十分之九以上可说都由中产家庭出来的吧。像诸君样的人，普通叫作中产阶级。中产阶级不致如贫困者的有冻馁之忧，也不致像富者的流于荒佚，在社会全体看来，实是最健全最有用的分子。诸君出自中产家庭，就是未来的社会中坚，诸君的境遇较之贫困者与富者，原不可不说是很幸福的。但是，可惜，这中产阶级的本身已在崩溃中了。

中产阶级的崩溃原是世界的现象，不但中国的如此。其原因不得不归诸世界产业革命与资本主义的跋扈。中国中产阶级的崩溃也不自今日始，而以近数年来为尤速。中国原无什么大资本家，也无什么大产业，中国人所受的完全是身不由主的全世界的影响。

中国产业落后于人者不知凡几，而生活程度却由外人替我们代为提高，已与别国差不多了。这情形，诸君不必回去问那六七十岁的老祖父，但把诸君幼时所记得的物价与生活费用和目前的一相比较，就已可知其差数之不小了。加以连年的兵祸、匪灾、饥馑、失业，把乡村的元气耗损几尽，随此而起的工价暴腾与农民的不得已的减租，更给了中产阶级以一道快速的催命符。

不信，但看事实！诸君的村里富起来的人家多呢还是穷下去的人家多？诸君自己的家况，只要没有什么着香槟票头彩之类的事，是一年好一年呢还是一年不如一年？诸君求学的用费，今年比之去年如何？诸君向父母请求学费时，父母是否比去年多摇头多叹息？再试每日留心报纸，是不是每日有因失业或困迫而自杀的？他们的大多数，是不是青年？

中国的中产阶级已在崩溃的途上，当世流行的一切青年的烦闷与中流家庭间的不宁，实都就是中产阶级在崩溃途上的苦闷的挣扎与呻吟。诸君是中产阶级，中产阶级的崩溃就是诸君的崩溃。诸君之中有的已深深地痛感到没落的不安，正在挣扎与呻吟之中，有的或尚才踏入第一步，只茫然地感到前途渐就黑暗的预觉，程度虽有不同，要之都已是在没落崩溃的途上的人们了。在这变动的期内，诸君的家庭尚能挣扎着令诸君入中学为中学生，不可谓非诸君之学。不瞒诸君说，在下也是中产阶级出身，而且是一个做过二十年的中等学校教师的人。产是早已没有了，依了自己的劳动，现在总算还着起长衫，在社会上支撑着中流人物的地位，可是对于儿女，却无力令其尽受完全的中等教育。一个是高小毕业就去做商店学徒了，一个是初中未毕业，即令其从事养蜂与园艺了，还有一个现在虽尚在中学校，但能否有力保其毕业或升学，自己也毫无把握。做了二十年中学教师却无力使自己的儿女受中等教育，每想到“裁缝衣破无人补，木匠家里没凳坐”的俗语，自己也不禁要苦笑起来。

话不觉走入岔路去了，一笔表过，言归正传。

世间最难动摇的是事实，事实是不能用了什么理论或方法来把它变更的。中产阶级的崩溃没落既是事实，我们虽然自己不情愿，也就无法否认。所谓崩溃或没落，原是就了全生活说的，若限在受教育的方面说，意思就是：诸君现在虽在中学为中学生，前途难免要碰到种种的障碍。不能入大学，不能入高中，或并初中亦不能毕业，也都是很寻常的可能的遭遇，并非什么意外的大不幸。诸君啊，先请把这话牢记在心里。

诸君读了我这番杀风景的议论，也许会突然感到幻灭，要发生绝望的不安了吧。如果如此，那不是我说话不得其法，就是诸君太天真烂漫太未经世故的缘故。我所说的自以为是一种真实，并没有一句是欺骗或恐吓诸君的话。并且，我对诸君说这一番话，目的原不欲漫然把暗云投入诸君的快活的心胸里，在诸君火热的头上浇冷水；乃是想叫诸君张开了眼，认识眼前的事实，更由这认识发出勇敢的新的努力，去适应目前或将来的环境，能在大时代中游泳而不为大时代的怒涛所淹没。

那么怎样好呢？反正能否毕业能否升学都靠不住，就退学吗？或者赶快去别觅可以吃饭的职业吗？诸君的父母家庭，有的为了贪近利，有的真是负担不住了，也许早已盼望诸君如此了吧。家庭环境各不同，原不好一概而论。若就大体说，诸君还是未成年者，在成年以前，最好能受教育，把青年生活好好地正则地度过去。诸君能在中学为中学生是应感谢的幸福，不是可诅咒的恶事。有书可读且读，但读书的态度却须大大地更改。

第一所希望于诸君者，就是要快把从来的“士”的封建观念先行铲除。中国古来封建时代称读书人为“士”，这士的制度已在几千年以前消灭了，而士的虚名仍历代相沿，直至现在，虚名原已不存了，而士的观念仍盘根错节地潜伏在一般人的心中。诸君的父母令诸君入学的动机，诸君自己求学的态度，乃至学校对于诸君的一切教育方法和设施等等，老实说，有许多地方都还是脱不尽这封建思想的腐气的。一般人误信以为在学校毕业了就可得到一种资格，就可靠文凭吃饭，这种迷信，的的确确是因袭的封建的恶根性。中国十余年来的变乱，原因当然很复杂，但如果全国没有整千整万的毫无实学实力只手捏文凭的冒充的士，来替人摇旗呐喊，来替人造作是非，局面决不至糟到如此。我常以为中国最要的事情是裁士，而裁兵次之。要化士为工，化士为商，化士为农，化士为兵，除了少数有天分的专事学问的学者外，无一人挂读书人的空招牌，而又无一人不读过书，无一人不随时自己读着书，中国的前途才有希望。

第二所希望于诸君的是养成实力。诸君如果真能把从来以读书为荣的封建观念打破了，就能发现求学的新目标——就是觉悟到为养成实力而求学了。说到现在的学校教育，可指摘的处所实在很多，学校本体，除了到期给诸君以文凭外，能否给诸君以智德体三方面的真实能力，原属一个大大的疑问。如果有人说我这话太轻视了现在的学校与教育者，那么让我来自己招供吧。前面曾说，我是曾做过二十年的中学教师的，自问也不曾撒过滥污，但不敢自信曾有任何实力给予学生过。学校教育的靠不住，原因很多，这里无暇絮说。但无论如何，学校究是为青年而特设的教育机关，从来学校教育的所以力量薄弱，也许由于学生的求学态度的不正。诸君果已自己觉醒，对于学业及生活不再徒讲门面，要求实际，把一切都回向于实力的养成上去，则我可以保证诸君能相当地收得实力的。

了解了以读书为荣的错误，知道了实力的重要，在环境许可的期间，利用诸君的青春去作将来应付新时代的预备。有能力升学出洋固好，即不能升学或毕业，也比较容易以所养成的能力找得相当的职业。中产阶级只管没落，自己能在新兴继起的阶级中做一个立得住站得稳的人，不做新时代的落伍者；这是我所希望于诸君的总归宿。

《圣经》里的先知们，有的警告人说：末日快到了；有的警告人说：天国近了，叫人预备。“山雨欲来风满楼”，中产阶级已岌岌可危了，今后到来的世界从社会全体看来，是天国或是末日，学者之间因了各人的见解，原不一其说。但无论是好是坏，要来的终究要来，所以我们也不得不先有所预备。预备的第一步，就是对于自己所处的地位与时代的觉醒。

中学生诸君啊，记着：我们的地位是中产阶级而时代是一九三〇年！

新年之始，乌老鸦似的向诸君唠唠叨叨说了这一大串杀风景的话，抱歉之至！最后当作道歉，让我再来真诚地向诸君祝福吧：

中学生诸君，新年恭喜！

刊《中学生》创刊号

（1930 年 1 月）

受教育与受教材

自从我在《中学生》创刊号上写了那篇《“你须知道自己”》以后，就接到了不少的青年的来信。有的自陈家庭苦况，有的问我中学毕业后的方针，有的痛诉所入学校的不良，问题非常繁多，欲一一答复，代谋解决，究不可能。没法，只好就诸信中寻出一个比较共同的问题，来写些个人的意见当作总答。

我在创刊号那篇文字里，曾劝中学生诸君破除徒以读书为荣的“士”的封建观念，养成实力。这次所接到的来信中，差不多都提及到这实力养成的问题。关于这，我实感到有答复的责任。至于答复得好与不好，且不去管他。

先试就实力二字加以限制。我的谈话的对手是中学生，所谓实力，当然不是什么财力、权力、武力，也并不是学士或博士的专门学力，乃是普通一般的身心上的能力。例如健康力、想象力、判断力、记忆力、思考力、忍耐力、鉴赏力、道德力、读书力、发表力、社交力等就是。

这种能力，虽是很空洞，很抽象，却是人生一切事业的基础。犹如数学公式中的X，诸君学过数学，当然知道X的性质。X本身并无一定价值，却是一切价值的总摄，只要那公式是对的，无论用什么数目代入X中去都会对。上面的各身心能力，本身原不能换饭吃，成学者，或有功于革命，但如果没有这诸能力，究竟吃不成什么饭，成不了什么学者，或有什么贡献于任何革命事业的。

这身心诸能力，原也可从自然环境或职业部分地获得，例如滨海的住民常善泅泳，当兵的自会富于忍耐力。但人为的有组织的养成机关，不得不推学校教育。所谓教育，就是能力给与的设计。学校就是为施行这设计的而特造的人为的环境。

专门以上的学校为欲使学生直接应世，倾向常偏重于专门的知识技术的传授。专门以下的学校所传授的，不是可以直接应世的知识技术，其任务宁偏重于身心诸能力的养成，愈是低级的学校愈如此。所谓课程也者，无非施行教育作用的一种材料而已。专门以上的课程收得了也许就可应世，就可换饭吃，至于专门以下的学校课程，收得了仍是不能应世，换不来饭吃的。不信，让我举例来说：诸君花了不少的学费，费了不少的光阴，好容易了解了几何中西摩松线的定理或代数中的二项式，记得了蒲公英、鲸鱼的属类与性状，假如初中毕业时成绩第一。但试问这西摩松线的定理和二项式的解答和关于蒲公英、鲸鱼的知识，写出来零折地卖给谁去？怕连一个大钱也不值吧。又假定诸君每日清晨在早操班上“一二三四”地操，一日都不缺课，操得非常纯熟，教师奖誉，体育成绩优等。试问这“一二三四”的举动，他日应起世来，能够和卖拳头的江湖朋友一样收得若干铜子吗？以上不过随举数例，其实诸君所学习着的各科无不皆然。

诸君读到这里也许又要感到幻灭了，且慢且慢，西摩松线二项式和蒲公英鲸鱼的知识，虽不能卖钱，但因此而表现的推理力记忆力等等是终身有用的。又，幸而能升学进而求更高深的科学，这些知识当作基础也是有用的。“一二三四”操得好，虽不能变铜子，但由此锻就的好体格和敏捷、忍耐、有规则等的品性，是将来干任何职业都必要的。“功德不虚”，诸君用几分功，究竟有几分益处在，断不至于落空。

由此可知，中等学校教育的课程，只是一种施行教育的材料，从诸君方面说，是借了这些材料去收得发展身心能力的。诸君在中学校里，目的应是受教育，不应是受教材。重视书册，求教师多发讲义，囫囵吞枣似的但知受教材，不知受教育，究是“买椟还珠”的愚笨办法。

诸君读了我上面的话，如果以为是对的，那么希望诸君注意二事。

第一，要自觉地从各科目摄取身心上的诸能力。我上面所说的话，原只是普通教育上的老生常谈，并非什么新说，照理，教师们都该知道了的。他们应该注意到此，应该利用了教材替诸君养成实力，不应留声机器似的，徒把教本上的事项来一页一页地切卖给诸君。但现在的学校实在太乱杂了，一年之中可换三四个校长，前学期姓张的先生来教诸君的地理，后来归姓胡的教，这学期又换了姓王的。在这样杂乱无序的情形之下，说不定诸君的教师之中没有不胜任的分子。又，教育是教师与学生合作的事，教师虽施着正当的教育，学生如果无接受的热心，也不会有好结果，故诸君须有养成身心诸能力的自觉才好。一个代数方程式，同级的人都能解，你如果解不出，这事本身关系原不大。但在一方面说，就是你的记忆力或思考力不及人，不到水平线，这却是大事。冬天早操屡次赶不上，这事本身原不算得什么有碍，但由此而显现着的你的这惰性，如果不改革，却是足为你终身之累的，无论你将来干什么。

第二，对各科目要普遍地学习。近来中学生之间，常有因浅薄的实用观念或个人的癖好，把学习的科目偏重或鄙弃的事。有的想初中毕业后去考邮局或电报局，就专用功英语，有的想成文人，就终日读小说。无论哪一校，数学都被认为最干燥无味，大家对了都要皱眉的科目。体育科，则除了几个选手人员外，差不多无人过问，认为可有可无。图画、音乐等科，也被认为无足重轻的东西。这种倾向由能力养成上看来，真是大大的错误。因了学科的性质,有的须多用些功,有的可少用些功,原是合理的。又，现制中学的高中已行分科制，学生为了将来所认定的方向，学习要偏重些某方面，也是对的。我所指摘的只是普通一般的中学生的对于学科的偏向，尤其是对于初中部的学生。你想毕业后去考邮局或电报局并不是坏事，但除了英语的知识以外，多带些知识趣味去，就是说，在记忆力忍耐力等以外，多养成些别的能力去，不更好吗？你想成文人也好，但多方面的能力修养，将来不会使你的文人资格更完满吗？

中学原只是普通教育，其中的学科都是些人类文化的大略的纲目，换言之，只是一个常识，在综合地养成身心的能力上看来，不消说是好材料。次之，在有升学希望的人，当作预备知识也自有其意义。至于要想单独地拿了一种去换职业，究竟是毫无把握的。将来情形变更也许不能这样断言，至少在现制度是如此。任你怎样地去偏重，结果所偏重的依然无用，而在别的方面却失去了能力养成的普遍的机会，只是自己的损失而已。

一家商店，常有一种东西是值得买，而其余是不值得买的。例如杭州西湖上的菜馆里，醋溜鱼是好的，而挂炉烤鸭就不好，虽然门口也挂着“挂炉烤鸭”的牌子，我们如果要吃醋溜鱼，就到杭州西湖边上去，如果要吃烤鸭，那么上北京菜馆去，不然就会找错了门路。学校犹如商店，在中学校里所可吸收的是普通的身心能力，不是可以直接应世的教材。如果要买应世实用的教材，那么将来进专门大学去，或是现在就进甲种实业去，急于考邮局电报局的，还是进英文夜校去。

中学校的性质如此，是借了教材给与能力的。诸君在中学校里，试自己问问：“我在这里受教育呢？还是在这里受教材？”

刊《中学生》第四号

（1930 年 4 月）

附录：

春晖的使命

啊！春晖啊！今日又是你的诞辰了！你坠地不过一年零几个月，若照人的成长比拟起来，正是才能匍匐学步的时期，你现在正跨着你的第一步，此后行万里路，都由这一步起始。你第一步的走相，只要不是厌嫉你的人们，都说还不错。但是第一步总究是第一步，怯弱的难免，即在爱你的人，也是不能讳言的。

怯弱倒不要紧，方向却错不得！你须知道，你有你从生带来的使命！你的能否履行你的使命，就是你的运命决定的所在。你的运命，要你自己创造！

你的使命，是你随生带来的，自己总应明了。我们为催促你和为你向大众布告起见，特于今日大声呼说，一面也当作对于你的祝福，但愿你将来是这样：

你是生在乡间的，乡村运动，不是你本地风光的责任吗？别的且不讲，你可晓得你附近有多少不识字的乡民？你须省下别的用途，设法经营国民小学、半日学校等机关，至少先使闻得你钟声的地方，没有一个不识字的人，才是真的。至于你现在着手的农民夜校，比起来那只可说是你的小玩意儿，算不得什么的。

你是一个私立的，不比官立的凡事多窒碍。当现在首都及别省官立学校穷得关门，本省官立中等学校有的为了争竞位置、风潮迭起、丑秽得不可向迩的时候，竖了真正的旗帜，振起纯正的教育，不是你所应该做的事吗？

你生也晚，正当学制改革之时。在新制之下，单纯的初级中学，办理上很是困难的。你现在第一步虽只办初级中学，但总须设法加办高级中学，酌量地方情形，加设文科、理科及农科、师范科等类的职业科。这条血路，你不是应该拼了命杀出的吗？

你已男女同学了，这是本省中等学校的第一声，也是你冒了社会的忌讳敢行的一件好事。你应如何好好地保持这纤弱的萌芽，使它发达？又，现在女子教育，事实上比男子教育待改良研究的地方更多。你在开始的时候，应如何改变方向，求于女子教育有所贡献？

你生在山重水复的白马湖，你的环境，每引起人们的羡慕。但这种环境，一不小心，就会影响你的精神，使你一方面有清洁幽美的长处，一方面染蒙滞昏懒的坏习的！你不应该常自顾着，使没有这种毛病的吗？

你无门无墙，组织是同志集合的。你要做的事情既那样多而且杂，同志集合，实是最要紧的条件。你不该从此多方接引同志，使你的同志集合在质上更纯粹，在量上更丰富吗？于现在有少数的校董、教员以外，再组织维持员等类的事，你不应该开了“无门的门”，尽力地做吗？

你的财产原不能算多，但也算不得没有。你不多不少的财产，也许反容易使你进退维谷。但你须知道，真正的教育事业，根本是靠你同志们的辛苦艰难的牺牲精神，光靠你的财产是没有什么用的。世间没有一个钱的基金，以精神结合遂能在教育上飞跃的学校多着；有了好好的基础，而因精神涣散、奄奄无生气的学校也多着哩！以精神的能力，打破物质上的困难，并非一定是不可能的事，而在你更是非做到这地步不可的。你该怎样地用了坚诚的信念，设法培养这精神，使你自己在这精神之下，发荣滋长？

春晖啊！你于别的学校所有的一切使命外，同时还有着这许多特有的使命。这于你或许要感受若干特有的困难，但决不是你的不幸。前途很远！此去珍重！啊，啊，春晖啊！

1923 年 12 月 2 日

教育的背景

不论绘画戏剧小说，凡是一种艺术，大概都应当有背景。背景就是将事物的情况烘托显现出来，叫人不但看见事物，并且在事物以外，受着别种感动刺激的一种周围的景象。事物的好坏，不是单独可以判定的，必须摆入一种背景的当中，方才可以认得它的真相，了解它的意义。所以在艺术上，这个背景很有重要的位置。

中国人一向不大讲究背景：画地是白的；戏剧里面的开门关门，光是用手装一个样子；车子只有两扇旗子，骑马也只有一支马鞭就算了。近来虽已经加了布景，但是不管戏情，用来用去，总是这几种老样式，也可算不讲究背景的证据了。至于古来的诗词，却颇多用背景的。用了背景，就添出许多的情趣。譬如“风萧萧兮易水寒，壮士一去兮不复还”，这可算得最悲壮的文字了。但是离开了第一句，便失却它悲壮的意味，因为第一句就是第二句的背景的缘故。其余如“暝色入高楼，有人楼上愁”“落日照大旗，马鸣风萧萧”等许多好文章，也都可以用这个道理来说明它的好处。

从此看来，背景差不多可算艺术的生命了。教育从某种意义说也是一种艺术，主张这一说的人近来很多。就是当初将教育组成为一种科学的海尔把尔脱也有这个意见：也应当有背景。没有背景的艺术不能叫作艺术。没有背景的教育也不能叫作教育。

什么叫作教育的背景？这个问题可分几层解释。

第一，我们所行的教育是人的教育，当然应当用人来做背景。人究竟是个什么？这原是最古的疑问，到现在还没有十分解决。原来人有两种方面：一种是动物的方面，就是肉的方面；一种是理性的方面，就是灵的方面。古今东西的哲人都从这两方面来解释人。因为注重的地方不同，就生出种种的意见来了。西洋史上显然有这两个潮流：希腊及罗马初期的人注重肉的方面；基督教徒注重灵的方面，就是前一潮流的反动。这两种主张彼此冲突，结果就变了宗教战争。文艺复兴以后到十九世纪，就是主肉主义全盛的时代，近来学者大概主张灵肉一致了。这个灵肉一致，在我们中国却是已经有过的思想。孔子所谓“从心所欲不逾矩”，就是灵肉一致的状态。

这个人字的解释将来不知还要如何变迁，现在的理想大概是灵肉一致了。所以我们看人不可看得太高，也不可看得太低。进化论一派的学者说人不过为生物的一种，这样看人未免太低。但是用一般所说的人为万物之灵、可以支配一切的看法来看人，也未免看得太高。这两种都不是人的真相。人原本是两面兼有的：一面有肉欲的本能，一面还有理性的本能；一面有利己的倾向，一面还有利他的倾向；一面有服从的运命，一面还有自由的要求。这两方面使他调和一致，不生冲突，这就是近代人的理想。近代伦理学上主张自我实现，教育上主张调和发达，也无非想满足这个要求。“不管学生将来入何等职业，先使他成为一个人。”卢梭这句话说在百年以前，到现在还是真理。现在普通教育中所列的科目，都是养成人的材料，不是教育之目的物，也不是学问。地理是从面的方面解释人生的，历史是从直的方面解释人生的，数学是锻炼人的头脑的，理科是说明人的周围及人与自然界之关系的，语言文字是了解人与人的思想的，体操是锻炼人的身体意志的，其他像手工农业等，虽似乎有点带着职业的色彩，但是在普通教育中，仍是注重陶冶品性的一面。总之，现在普通教育上所列的科目，除了以人为背景以外，完全是毫无意义的。若当作教育之目的物看，当作学问看，那就大错了。

我们中国办学已经二十年光景，这个道理好像大家还没有了解。社会上大概批评学校里的课程无用。有几种父兄竟要求学校说："我的子弟只要叫他学些国文算学。体操手工没有什么用场，不必叫他学。"普通学校里的学生也有专欢喜国文的，也有专欢喜数学的，也有专欢喜史地的。遇着洒扫劳动的作业，大家就都不耐烦。这种都是将材料当作目的物看，当作学问看，不当它养成人的方便看的缘故。不但社会和学生不晓得这个道理，就是教育者，不晓得这个道理的也很多。现在大多的教育者，无非将体操当作体操教，将算术当作算术教，将手工当作手工教罢了。

课程自课程，人自人，这种无背景的教育，就是再办几十年也没有什么效果。所以教育上第一件是要以人为背景。

人是教育第一种的背景了。无论何物，不能离开空间与时间的两大关系，这个空间时间，在人就是境遇和时代了。不论英雄豪杰，都逃不了境遇和时代的支配。印度地处热带，山川动植物皆极伟大，自然界恍如扑倒人生，所以有佛教思想。中欧气候温和，山川柔媚，所以有自由思想。批评家看见绘画诗文，就是无名的，也能大略辨别它是哪代的制作。这都是人不能离开境遇和时代的证据。所以教育上，第二应当以境遇和时代为背景。

从前斯巴达以战争立国，奖励敏捷，教育上至提倡盗窃。这虽是已甚的例，足见时代和境遇所要求的知识，才是有用的知识。现在是何等时代，我们现在是何等境遇，这都是教育家所应当考求的问题。教育家虽然不能促进时代，改良境遇，断不可违背大势而误人子弟。已经这个时候了，还要去讲春秋的大义，冕旒的制度，教人读《李斯论》《封建论》的文章，出《岳飞论》《始皇论》的题目，学少林、天台派的拳棒，使学生变成半三不四的人物，学了几年，一切现在的制度，生活上应有的常识，仍旧茫然。这不是现在教育界的罪恶么？八股时代有一句讥诮读书人的话，说道“八股通世故不通”，现在的教育界能逃避这个讥诮么？

一国有一国的历史，自然不能样样模仿他人，但是一般的趋势，也应该张开眼来看看。一味的保守因袭，便有不合时宜、阻止进步的流弊。旧材料并非不可用，就是用这个材料的态度，很宜注意。一切历史上事实，无非人文进化的过程。这个过程，并无可宝贵的价值。若用了这些材料来说明现在的文化的来历，使人了解所以有新文化的道理和新文化的价值，自然是应该的事。若食古不化，拘泥了这个过程，这就是于现在生活无关系的用法，这种教育就是无背景的教育了。时势既到了今，不能再回到古去。历史上虽然也有复活的事实，但所谓复活者，并不是与前次一式一样，毫无变易的。譬如以前衣服流行大的，后来流行小的，近来又渐渐地流行大的了。近来的大的与以前的大的，究竟式样不同，以前的大，却不失为现在的大的过程。但若是要想拿来混充新的，这是万不能够的事。现在教育家只求博古，不屑通今，所以教育界中完全是尊古卑今的状态。十几岁的学生一动著笔便是古者如何，今则如何，居然也有“江河日下，世风不古”的一种遗老的口吻。这虽是他们思想枯窘聊以塞责的口头禅，也可算是教育不合时势的流毒了。所以要主张以境遇时代为教育的背景。

上面两种背景以外，还有第三种的背景，就是教育者的人格。现在的学校教育是学店的教育，教育者与被教育者的中间但有知识的授受，毫无人格上的接触；简直一句话，教育者是卖知识的人，被教育者是买知识的人罢了。机械的大家卖来卖去，试问这种知识有什么用处？真正的教育需完成被教育者的人格，知识不过人格一部分，不是人格的全体。现在学校教育何尝无管理训练，但是这个管理训练与教授绝对的无关系。教育者大概平日只负教授的责任，遇着管理训练的时候，便戴起一副假面具，与平时绝对成两样的态度了。这种管理训练除了以记过除名为后盾以外，完全不能发生效力。而且愈发生效力，结果愈不好，因为于人格无关系的缘故。

人格恰如一种魔力，从人格发出来的行动，自然使人受着强大的感化。同是一句话，因说话者人格的不同，效力亦往往不同。这就是有人格的背景与否的分别。空城计只好让诸葛亮摆的，换了别个便失败了；诸葛亮也只好摆一次的，摆第二次便不灵了。

“以身教者从，以言教者讼”，教育者必须有相当的人格，被教育者方能心悦诚服。只靠规则是靠不住的。我说这句话的意思，并不是凡是教育者必须贤人圣人。理想的人物本是不可多得的，我并不要求教育者皆有完美之人格。原来学校所行的教育，都不过是一种端绪，一切教科，无非是基本的事项，不是全体。所以教育者于人格方面，也只求能表示基本的端绪够了。这个人格的基本端绪，比了教科的基本端绪成就虽难，但是不能说这是无理的要求。

这三种是教育的背景，教育离开了这三种，就无意义。试问现在的教育用什么做背景？有没有背景？

刊《教育潮》第一卷第一期、第二期

（1919 年 4 月、6 月）